如何讀

名作

詩歌散文篇

孫紹振　著

如何讀名作

讀

孫紹振　著

詩歌散文篇

商務印書館

如何讀名作──詩歌散文篇

作　　　者：孫紹振

責任編輯：楊克惠

封面設計：張　毅

出　　　版：商務印書館 (香港) 有限公司

　　　　　　香港筲箕灣耀興道 3 號東滙廣場 8 樓

　　　　　　http://www.commercialpress.com.hk

發　　　行：香港聯合書刊物流有限公司

　　　　　　香港新界大埔汀麗路 36 號中華商務印刷大廈 3 字樓

印　　　刷：成記印刷廠有限公司

　　　　　　香港九龍觀塘開源道 45 號有利中心 3 字樓

版　　　次：2010 年 2 月第 1 版第 1 次印刷

　　　　　　© 2010 商務印書館 (香港) 有限公司

　　　　　　ISBN 978 962 07 4453 2

　　　　　　Printed in Hong Kong

目　錄

從方法開始

◎ 還原法分析和關鍵字解讀
　── 解讀《從百草園到三味書屋》和《阿長與〈山海經〉》...... 8

◎ 進入孩子的感覺世界
　──《皇帝的新裝》中的人物為甚麼沒有個性........................ 30

◎《朝花夕拾》中含笑的批判
　── 走近偉大作家的童心　............ 40

◎ 詞典語義與文本情景語義
　──《最後一片葉子》解讀　............ 48

◎ 用還原法解讀文言經典
　── 解讀蒲松齡的《狼》　................ 58

讀懂自然

◎ 春天：九種不同的古典詩情 64

◎ 春天：兩種不同的散文美
　── 解讀朱自清的《春》和林斤瀾的《春風》 104

◎ 秋天：六種不同的古典詩情 119

讀懂心靈

◎ 獨享心靈的自由
　　——《荷塘月色》解讀.................................. 146

◎ 在政治幻想和藝術幻想之間掙扎
　　—— 解讀李白的《下江陵》.......................... 156

◎ 無聲是一種美妙、幸福的音樂
　　—— 解讀徐志摩的《再別康橋》.................. 166

◎ 余光中的四種鄉愁.. 175

讀懂道理

◎ 以詩明志，以身殉志
　　—— 解讀文天祥的《過零丁洋》.................. 188

◎ 花木蘭是英勇善戰的"英雄"嗎
　　—— 解讀《木蘭辭》.................................. 194

◎ "愚公"還是"智公"，"智叟"還是"愚叟"
　　—— 解讀《愚公移山》.................................. 203

從
方法
開始

還原法分析和關鍵字解讀

——解讀《從百草園到三味書屋》和《阿長與〈山海經〉》

《從百草園到三味書屋》解讀

首先提出一個問題，在這篇文章中，有甚麼東西是值得分析的？許多時候，對於一篇文章，我們不知道要讀些甚麼，為甚麼會對明明有可講讀性的地方，視而不見？很大程度上是因為忽略了語言的人文性。沒有把語言和人物、作者的精神生命結合在一起來解讀。海德格爾說：＂語言是存在的家園＂，對這個經典命題人們並不陌生，但未必真正理解＂存在＂是甚麼意思。存在，在英語裏，就是 being，也就是人，人的生命。我們讀懂作品不能滿足於字、詞、句、段、篇的解釋，因為閱讀不光是為了文字，也是為了讀懂作者和人物的生命，他們內在的精神和情感。這一切並非抽象，而是存在於非常具體、非常靈活的語言中的。我們讀文章最大的弱點是往往讀懂了文字，卻沒有讀懂作者在特殊語境中的心靈，因而也就找不到可分析的矛盾性。

那麼，從哪裏找出可分析的矛盾性？

尋找可分析的矛盾性，應從語言甚至語詞出發。説到語言、語詞時，有兩種含義：一是語言的工具性，講究用詞的準確和規範。講求語詞的科學性和工具性固然重要，但若只停留在這一點上，則可能畫地為牢，得言忘義。另一種是從語言的工具性上深入一步，對語義進行分析。這種語言的性能和語義不像字典語義那樣是共通的，而是超越了規範的字典語義，在具體語境中，個人化的，表面看來，甚至有可能違反語言的規範。正因為它帶着非常強烈的個人的、臨時的感情色彩，所以我們能夠辨認出作者和人物的個性和深層的、潛在的情感。我們所説的語言的人文性，大體説來，就是人的精神的載體，不是一般的、抽象的人，而是個別的、特殊的人，以超越常規的語義，表現自己豐富的精神。

（一）找到關鍵字語，解讀作者的心靈密碼

一篇好的文章，並不是所有的語句都充滿了這種超越常規的、暫態的語言。如果所有的語詞都是個人化的，都富有作者臨時的、在特殊語境中賦予的意義，讀者就很難理解了，作者和讀者之間就很難溝通了。在經典散文裏，這種超越常規的情況，只在一些局部的、關鍵的詞語中，表現得特別明顯。正是在這種地方，隱藏着作者和人物的心靈密碼，也正是在這裏，顯示出語言的精妙。

比如，在《從百草園到三味書屋》裏，“樂園”這兩個字。

"樂園"在許多讀者心目中，就只有一種含義，即字典裏解釋的那種意思，這樣就沒有甚麼矛盾可以分析。但是，沒有矛盾，沒有差異，就無法進入分析的層次。關鍵不在於要有矛盾，而是如何把矛盾揭示出來。因為，一切經典文本都是天衣無縫的，矛盾不在表面，不是現成的。那麼，怎樣才能從天衣無縫的作品中找出差異，揭示出矛盾呢？解決的辦法就是"還原"（這與現象學的還原在精神上一致，但更具形而下的操作性），也就是首先要從文學語言中"還原"出它本來的、原生的、字典裏的、規範的意義，其次把它和上下文中，也就是具體語境中的語義加以比較，找出其間的矛盾，從而進入分析的層次。

按原生語義，樂園，令人想到美好的天堂，至少是風景極其精彩的地方。如果是一個荒廢的園子，"只有一些野草"，把它當作"樂園"，可能會給人以用詞不當的感覺。但是，魯迅在開頭第一段卻強調說：百草園，"不過只有一些野草，但那裏卻是我的樂園"。這裏的樂園，具有雙重含義，一重和字典裏的含義有關，肯定是一種美好的場所，但同時還有另外一重含義，用來形容一種並不美好的場所，但可以和讀者分享童年美好的回憶。關於"樂園"的特殊理解和運用，正透露了一個孩子的童心，離開了孩子天真的心靈是不能解釋的。

從符號學的理論來說，這就是所謂能指和所指之間的矛盾和轉移。我們的漢語，字典意義和具體語境中的語義（或者所指），並不完全重合。字典裏的意義非常有限，而在具體上下文（語境）中的語義，卻因人而異，因事而即時生成。可以説，在無限多樣的語境和人物身上，同一語詞所能表達的意義是無限的。正是在這無限多樣的語義中，我們領悟到的不是在不同的人手裏性能相同的工具，而是因人而異的情感記憶的喚醒和超越語言的心照不宣的共悟。

心照不宣是自動化的、把許多邏輯層次省略掉的，因而給人一種不言而喻的感覺。但是這種心領神會之處，恰恰是可讀性的所在。這裏包含着語言和人的精神的奧秘。

魯迅在文章中説這裏有“無限的趣味”。“無限”和“趣味”，就有矛盾，就有可分析性。

在一般情況下，“無限的趣味”讓人想到的，一定是十分奇特的、罕見的、美妙的事物。但是，魯迅明明説，這裏只是菜畦、石井欄、皂莢樹、桑椹、蟬、黃蜂、叫天子，可以想像，成年人肯定覺得沒有甚麼趣味。覺得這一切有趣的人是甚麼樣的人呢？他有甚麼樣的心靈特點呢？要説蟋蟀彈琴、油蛉低唱有趣，倒還可以理解，但是，魯迅卻説，“翻開磚來，有時會遇到蜈蚣；還有斑蝥”。這一切，都是有“無限趣味”的證據。我們把它還原一下，在成年人心目中，蜈蚣是毒蟲，斑蝥的俗名叫做放屁蟲，和“樂園”、“趣味”不但沒有關係，反而是很煞風景的，而魯迅卻特別強調牠放屁的細節，“用手按住牠的脊梁，便會啪的一聲，從後竅裏噴出一陣煙霧”，這算甚麼“趣味"呢?還要説"無限"!是不是應該改成:"雖然有點可怕,但是在我當年看來,還是挺好玩、挺有趣的。"這樣一來,從表層語義來説,好像是用詞更恰當了,但是,從深層的含義來説,卻是大煞風景了。因為,這樣一來,就沒有孩子氣的天真、好奇和頑皮了,而是大人的感覺了。

在閲讀過程中,如果滿足於把語言當作工具,那麼只要學會準確運用"趣味"這兩個字並不難。但是,要體會到"趣味"這兩個字在不同人的心靈中有無限豐富的差異,就不太容易了。語詞並不是抽象的概念,而是喚醒讀者感覺和經驗,進行對話和交流的符號。如果光把語言當作硬邦邦的工具,就沒有辦法完成喚醒讀者經驗的任務,也就無法讓讀者的想像參與創造,難以讓讀者受到感染。

讀者光憑語感、光憑直覺就能感到,在這開頭兩段裏,就是這兩個關鍵字(組)最為傳神。傳甚麼神?孩子的心靈之神,這種神,就是天真的、頑皮的、對世界經驗很少的、對甚麼都感到好奇的童心。這並不是大人的樂園,而是孩子的樂園;不是一個物質意義上的樂園,而是心靈的樂園。明明不是樂園,之所以成為樂園,是因為在這裏活躍着一顆童心,洋溢着兒童的趣味。

如果僅僅從字典意義上去理解這趣味,就是從成人意義去理解，就沒有樂園可言了。

語言的人文性並不神秘，它就在這樣平凡的詞語中。

拘執於工具性的特點，就是把"樂園"和"趣味"孤立起來。而兼顧人文性，就是緊緊抓住具體的人，瞄準人的年齡和經歷特點，讀者的情感和記憶就會被啟動，就不愁沒有感悟和共鳴。

（二）還原人物、情節，分析主要矛盾

用還原法把矛盾提出來，還原的對象有兩種，一種是我們前面已經講過的，把原生的語義即字典上的語義想像出來，這叫做語義還原。還有一種，還原的不是語義，而是作品所表現的對象——人物和景物——將其原生態，未經作者心靈同化的狀態、邏輯，想像出來，讓它和文本中的形象形成對比，矛盾就不難揭示出來了。景物是靜態的，變動性比較小，一般比較容易"還原"，而人物則比較複雜，特別是人的心靈、情感，更是變動不居的，還原也就不容易。但是，既然有矛盾存在，要發現它就不是不可能的。

《從百草園到三味書屋》接下去寫到長媽媽講的故事。

用"還原"法，不難發現這是一個迷信故事，但是，作者並沒有把它作為迷信故事來批判。這樣，就把矛盾（迷信和理性）揭示出來了。為甚麼魯迅在這裏沒有以理性為準則聲明——這是一個迷信故事？

如果聲明一下：長媽媽給"我"講了一個迷信的、可笑的

故事。是不是可以呢？當然不是不可以。但是，讀起來的感覺是不是會差一點，甚至倒胃口呢？

不聲明反倒好，因為這是在一個孩子感覺中的、有趣的長媽媽。這裏語言所完成的任務，不僅僅是傳達長媽媽的故事，而且是表現孩子記憶裏好玩的人物。魯迅的敍述突出了孩子的特點。不僅在字面上，而且在字裏行間，在行文的邏輯和理性邏輯的矛盾之中，形成一種反差，一種空白。讀者在閱讀時，完全可以心領神會，自動化地填充這空白。但是，要把問題講清楚，上升到理論的高度，卻不能不把其間的邏輯空白揭示出來。這裏有幾點不能忽略：

1. 從整個故事的邏輯發展來說，作者有意讓其中的因果關係顯得粗糙，不可信。第一層因果是：老和尚光是從書生臉上的"氣色"，就斷定他為"美女蛇"所迷，有"殺身之禍"。客觀地講，這是不科學、不可信的，這一點難道魯迅一點都不知道嗎？第二層因果是：給他一個小盒子，夜間就有蜈蚣飛出去，把美女蛇治死了。因果邏輯更不充分，太不可思議了，但是，長媽媽卻說得十分自信。魯迅故意把這種矛盾寫得很突出、荒謬，其間就隱藏着諷喻。具體的說，敍述者雖然是童年的魯迅，但也隱含着寫作時成年魯迅的深邃的洞察，流露出他對長媽媽的迷信的調侃。但是，又沒有過分譴責她，因為魯迅特別強調長媽媽並非有意騙人，相反，她自己十分虔誠，十分執着。因而，她雖然可笑，但不可惡，相反有點好玩、甚至可愛。

2. 當然，也許有人會提出質疑，說這不是迷信，而是神話或者童話。在神話和童話裏，善良總是輕易地戰勝了邪惡。這當然不能說沒有道理。如果是這樣，那麼童話的詩意增加了，而諷刺意味卻弱化了。從這裏，更可以看出魯迅對小人物的寬厚。

3. 故事講完了，長媽媽作出的結論是，今後"倘有陌生的聲音叫你的名字，你千萬不可答應他"。這個因果邏輯就更荒唐了。從這樣一個可信性很低的故事（或者就算是神話吧），根據個別的、罕見的現象，居然得出一個普遍性的結論，一切在背後叫名字的聲音，都可能是美女蛇發出的。這種邏輯的荒唐和長媽媽的鄭重其事，形成了矛盾、反差，就顯得不和諧、可笑，這就是幽默。魯迅的諷喻就藏在這幽默笑容的背後。但是，魯迅並沒有以此為滿足，接下去，他不但沒有指出這個故事的不可信和長媽媽的教條荒誕，還反過來說："這故事很使我覺得做人之險，夏夜乘涼，往往有些擔心，不敢去看牆上，而且極想得到一盒老和尚那樣的飛蜈蚣。走到百草園的草叢旁邊時，也常常這樣想。"這樣，把自己寫得很傻氣的樣子，又明顯把長媽媽的故事，進一步導向荒謬，愈是荒謬，愈是可笑，幽默感愈強烈。

4. 然而魯迅對自己已經相當強的幽默，還是不滿足，他繼續發揮下去："但直到現在，總還是沒有得到，但也沒有遇見過赤練蛇和美女蛇。叫我名字的陌生聲音自然是常有的，然而都不是美女蛇。"這幾句的精彩在於，好像這樣荒謬的故事，作者一直並沒有覺察，連懷疑一下的智商都沒有似的。這就不僅僅是對長媽媽的調侃，同時也是自嘲了。自嘲，在西方幽默學中，叫做自我調侃，屬於幽默之上乘。把對長媽媽的調侃和自我調侃結合起來，顯示出魯迅作為一個幽默大師的特點。對小人物，哪怕愚昧麻木，他也是同情的。這種同情中滲透着兒童的天真、純潔和善良。這就把幽默和抒情結合了起來，和魯迅在小說中對阿Q的尖銳諷刺，有很大不同。

從這裏，我們還可以體會到一個有趣的規律，那就是幽默和抒情的不同。我們讀到的抒情散文，大抵是美文，共同的傾向是對環境和作者內心的美化、詩化。而幽默似乎不是這樣，幽默不迴避把自己和人物加以貶抑，甚至"醜化"。如長媽媽講的愚昧的故事，還有作者的自我貶低。如果說抒情是一種情趣的話，幽默就是一種諧趣。兩者只是趣味不同。注意這個"醜"是加引號的，從一種意義上來說，是"醜"，但從另一種意義上來說，是"醜"中有美。

5. 還有一點值得注意，在敍述過程中有一個插入語，更顯示了魯迅對故事中人物的嘲諷。那個書生，拿了老和尚的小盒子放在枕邊以後，"卻是睡不着——當然睡不着的"。這句從敍述故事來說，可以認為是多餘的，但是對敍述語言的趣味來說，可以叫做涉筆成趣。敍述者突然插進來評論——這傢夥自討苦吃——流露出對人物可笑心理的嘲諷。

總起來說，魯迅在這裏顯示的幽默真是有筆墨淋漓之感。

下面接着寫到閏土的父親教童年魯迅用竹篩捉鳥的故事，趣味便不再幽默了，似乎更多在抒情。但是在表現童心、童趣方面是一以貫之的。

（三）反語、幽默和人文精神

寫過百草園以後，寫三味書屋，仍然是寫人物的，趣味仍然是以幽默為主。他猜想自己被送到書塾裏讀書的理由，顯然是不可靠的，讀者當然知道，絕對不是作者猜測的那樣：由於頑皮。為甚麼要強調一下這種不可靠的理由？無非是為了表現兒童式想像和推理的趣味。

魯迅寫他的老師的筆墨也是幽默的。首先覺得他是極"淵博的"，然而當孩子問他"怪哉蟲"時他卻不知道。這裏有多層意味可以分析出來：

1. 對先生所謂"淵博"的諷喻；

2. 同時，也是對孩子以為"淵博"就是甚麼都懂的一種調侃；

3. 更深的調侃當然是對先生的，孩子問他甚麼是
"怪哉蟲"，他答不出，居然"不高興，而且臉上
還有怒色了"；

4. 接下來的一段話不能忽略："我才知道做學生是
不應該問這些事的，只要讀書，因為他是淵博的
宿儒，決不至於不知道，所謂不知道者，乃是
不願意説。年紀比我大的人，往往如此。"這裏
明顯是不合邏輯的，是反語。因為文章明顯表現
出是先生不知道。可作者卻説，先生是無所不知
的，只是不願意説罷了，錯誤在學生不該問。讀
者一眼便可以看出結論和理由之間的矛盾。正是
由於矛盾、不和諧，才怪異，才顯得好玩、好
笑、有趣味，這叫做幽默，這種幽默是一系列反
語構成的。

要真正分析這種不和諧的邏輯，而不是停留在讚歎
的層次上，就要抓住結論和理由相矛盾的反語不放。同
時要真正懂得一點幽默，就不能忽略講歪理的功夫。人
當然要講正理，但那是在正經的時候，在追求幽默效果
的時候，就要懂得講一點歪理。許多人，許多文章幽默
不起來，就是因為不會講歪理，不敢講歪理。

先生的教學法很簡陋，在三味書屋讀書很刻板。
稍稍出去遊玩一下，就被呵斥："讀書！"除此之外，
似乎沒有甚麼啟發興趣的辦法。一天到晚讓學生讀個沒

完，而且，魯迅特別強調，學生對所讀的內容，完全是死記硬背，根本莫明其妙。

這樣的讀書不是很枯燥嗎？這樣的先生不是很可恨嗎？在心靈不開闊、趣味不豐富的作者筆下，可能是這樣的。但魯迅是個人道主義者、藝術大師，他只是把教師的教學法寫得很"菜"，卻沒有把他的心寫得很"菜"。魯迅突出寫了他教書沒有甚麼真本事，但又渲染他自己讀書很投入，簡直是如癡如醉。他所讀的文章明明很平常，他卻沉醉在自己營造的境界之中："讀到這裏，他總是微笑起來，而且將頭仰起，搖着，向後面拗過去，拗過去。"

用還原的方法想像一下：如果不是在藝術中，而是在生活中，一個人空有淵博、宿儒之名，卻教書無方，說刻薄一點，是誤人子弟，令人厭惡。但是，我們讀到他如此沉浸在自己的境界之中時，是不是也會覺得這個老頭子，也有挺好玩、挺可愛的一面？這就是魯迅對小人物的人道主義的寬容了。

三味書屋既是這樣枯燥，老師又是這樣一種水準，這日子不是很痛苦、一點樂趣都沒有嗎？不。

接下去寫的是在枯燥無味的學塾裏，孩子們快樂的天性仍然不能被磨滅。學生們乘先生自我陶醉的時候，自己開小差，做小動作了。用紙糊的盔甲套在指頭上做戲者有之，用半透明的紙蒙在繡像小說上畫畫者有之。從這裏，我們可以看到，明明是無聊的事情，兒童卻樂此不疲，魯迅用的語言是普通的、平淡的，但傳達出來的趣味卻是雋永的。在三味書屋讀書是枯燥的，但是三味書屋裏趣味盎然。不管教育體制多麼僵化，孩子們活潑的天性總能夠找到自己的表現形式。對童心的肯定，就是對舊教育體制的批判。

當然，關於三味書屋是樂園還是苦園，可以爭論，只是不要忘記魯迅筆下的孩子不論在甚麼簡陋的地方——滿目荒廢的百草園，或者連下課和休息都沒有的學塾裏——都能創造出自己的歡樂，甚至在愚蠢的長媽媽、迂腐的先生身上都能逗引出一種幽默的情趣，足以讓讀者感受小人物的可憐和可愛，感受到生活的有趣。這就是才華，才華不僅僅是駕馭語言，更是在別人感覺不到情趣的地方，感受到情趣。文字不過是情趣的載體，沒有情趣，憑空耍弄文字，是不可能寫出好文章來的。

魯迅的語言就是這樣，把我們帶進了一個充滿童趣的精神家園。這是童年的魯迅的，也是成年的魯迅的。我們日常寫作經常會覺得沒有甚麼可寫，就是因為對日常的、平淡的生活，沒有激發出趣味。而閱讀經典文本的主要目的，並不在於文字，不在記憶佳句，而在心靈的薰陶，在於拓展我們的情感和趣味的領域。

細細品味這樣的作品，難道不能激動我們的心靈，使它更加開闊嗎？對於生活中有毛病、甚至是令人討厭的人物，難道不能從另一個角度，去發現他們的善良和可愛嗎？欣賞渾身都是優點的人是容易的，欣賞缺點非常明顯的人物，則需要更為寬廣的胸懷。為甚麼學習語言不能把它僅僅當作工具呢？就是因為，語言是和人的心靈、人的精神境界水乳交融地結合在一起的。

《阿長與〈山海經〉》解讀

開頭兩段，似乎很平常，但是，用還原法，是可以提出問題來加以分析的。

（一）透過關鍵字語分析人物

我們可以把還原法落實到尋找關鍵字語上。以題目《阿長與〈山海經〉》為例，阿長這個名字意味深長，對理解作品的主導思想，非常關鍵。

為了交代阿長的名字，魯迅用了兩段文字，這樣是不是太繁瑣了？如果刪去這兩段，有沒有損失呢？肯定是有的。因為在“阿長”這個關鍵詞的深層，不但有長媽媽的，而且有周圍人的精神密碼。名字對於人來說，應該是鄭重其事的。一般人的名字，大都寄託着美好的期望，不同的人，有不同的叫法，表現的是不同的情感和關係。

魯迅強調說，她叫阿長。然而，“長”並不是她的姓，也不是她的綽號，因為綽號往往是和形體的特點有關係的，而阿長身材並不高，相反，長得“黃胖而矮”。原來她的名字是別人的名字，她的前任的名字。問題、矛盾，通過關鍵字還原，就不難揭示出來了：

1. 在正常情況下，可以把他人的名字隨意安在自己頭上嗎？甚麼樣的人，名字才會被人家隨便安排呢？一個有頭有臉的人，人家敢這樣對待她嗎？被如此隨意對待的人，肯定是社會地位卑微的，不被尊重的。這是很可悲的。魯迅不惜為此而寫了兩段文字，說明了他對一切小人物的同情，和他對小人物的尊嚴如此被漠視的嚴肅審視。用魯迅自己的話來說，這叫"哀其不幸"。

2. 名字被如此隨便安排，在一般人那裏難道不會引起反抗嗎？然而，阿長沒有，好像沒有甚麼感覺，很正常似的，也沒有感到受屈辱。這說明甚麼呢？她沒有自尊，人家不尊重她，她自己也麻木了。魯迅在這裏表現出他對小人物態度的另一方面："怒其不爭"。

用名字來揭示人物的社會地位和心靈秘密，是魯迅常用的手法，在《阿Q正傳》裏對阿Q的名字，在《祝福》中對祥林嫂的名字，都有同樣細緻的用心。祥林嫂也沒有自己的名字，她叫祥林嫂，因為丈夫叫祥林，在魯鎮人看來，這是天經地義的。但是，後來她被搶親，被迫嫁給了賀老六，在賀老六死了之後，她又一次回到魯鎮。魯迅特地用單獨一行寫了一句：

大家仍叫她祥林嫂。

　　這句似乎是多餘的。讀者早就知道她的名字了。魯迅之所以要在這裏強調一下，是因為"祥林嫂"這個關鍵字裏隱含着荒謬，舊禮教的荒謬。丈夫叫做祥林，她就叫做祥林嫂，可是，她又嫁了賀老六，那麼還原到正常道理上來説，應該研究一下，是叫她祥林嫂，還是叫她老六嫂，或者叫她祥林老六嫂比較合理呢？這並不是笑話，在美國人那裏，不言而喻的規範是明確的，不管嫁了幾個，名字後面的丈夫的姓，都要排上去，沒有甚麼見不得人或難為情的。例如甘迺迪的太太傑奎琳，後來又嫁了希臘船王奧納西斯，她死了以後，墓碑上就堂皇地刻上：傑奎琳・甘迺迪・奧納西斯。但是，在我們的封建禮教傳統之下，沒有把她稱為祥林・老六嫂的可能，因為人們只承認第一個丈夫的絕對合法性。可見禮教傳統偏見之根深蒂固，在集體無意識裏，荒謬的成見已經自動化成為可怕的習慣了。

　　需要注意的是，魯迅在整篇文章中，沒有對阿長進行肖像描寫。光是這麼敍述名字，看來連描寫都算不上。這説明，在魯迅看來，這比肖像描寫還重要。讀者也並未因為沒有肖像描寫而感到她的面目不清，相反，她的精神狀態是很清晰的。在文學作品中，人的外部肖像是沒有多大重要性的，除非外部肖像對人的靈魂刻畫有作用。

　　分析如果到此為止，是很可惜的。因為還有深入的餘地。

還原不夠了，還可以用比較的方法。事實上我們前面分析長媽媽的名字的時候，就用了比較的方法，把她的名字和祥林嫂比較。

（二）運用比較法加深理解

要深刻地揭示《阿長與〈山海經〉》的特點，不妨把它和《從百草園到三味書屋》加以比較。從對人物的態度來看，我們可以感到，魯迅對他的保姆阿長，比對他的老師，感情複雜得多。這是一篇童年的回憶，因而童心和童趣是我們注意的要點，進行比較的目的主要在於揭示它們之間的同和異。

《從百草園到三味書屋》寫了一些表面上互相不連貫的事，《阿長和〈山海經〉》和它不同，儘管事情不少，但都集中在一個人身上。這是一篇寫人的散文，但集中在一個人物身上的故事並不太連貫。把全文連貫起來的，是作者作為兒童對阿長態度和情感的變化過程。

這個過程比較豐富，也比較複雜。如果要作段落劃分，就比較繁瑣。要把作者對長媽媽的情感變化過程，按照其各個階段分析出來，最好的辦法是把標誌着"我"對長媽媽的情感發展和變化的關鍵字找出來。

魯迅在名字上做足了文章以後，就寫對她的一般印象，無非說她喜歡傳播家庭裏面的是是非非、小道新聞，還特別點出細節——說話時，手指點着自己的鼻子和對方的鼻尖。這説明甚麼問題呢？沒有禮貌，沒有文化，不夠文明。

作為保姆，（用還原法）她的任務應該是照顧孩子的生活，包括睡眠，但是，她夜間睡覺卻自己擺成一個"大"字，佔滿了牀。這説明她不稱職。而且，即使"我"的母親委婉地向她表示夜間睡相不太好時，她也居然沒有聽懂，不但沒有改進，反而變本加厲，把自己的手放在"我"的脖子上。把這一切歸結起來，用幾個關鍵字來概括作者的態度，就是："不佩服"、"最討厭"和"無法可想"。

這以後，事情有了發展，作者與阿長的矛盾加深了。

過新年對小孩子來說，有無限的歡樂，而且充滿了童心和童趣的想像。而阿長卻把這一切弄得很煞風景。首先是新年第一句話，一定要吉利。把孩子的心情弄得很緊張。其次是完成了任務，給一個福橘吃，卻又是"冰冷的"東西。注意，沒有這個冰冷的感覺，就很難表現出孩子莫名其妙的心情和阿長如釋重負的喜悦之間的衝突。這一切造成的結果，又有一個總結性的關鍵字語——"磨難"，或者"元旦劈頭的磨難"。把節日變成了"磨難"，這標誌着作者和阿長情感矛盾的第二個階段。

第三個階段是對阿長情感的一個大轉折，關鍵字不是事情講完了才提出來的，而是在事情還沒有講出來之前就出現了："偉大的神力"、"特別的敬意"。

阿長講了一個荒誕不經的故事。這是本文中最精彩的筆墨，盡顯一個幽默大師從情感到語言的遊刃有餘。

首先，這個故事一望而知是荒誕的。

1. 概念混亂：把太平天國和一切土匪混為一談。尊稱其為"大王"。殊不知，太平天國在正規場合，是以兄弟姐妹相稱的。

2. 缺乏起碼的判斷力：門房的頭被扔過來給老媽子當飯吃，對其可信性，毫無保留。

3. 邏輯混亂：小孩子要拉去當小長毛，女人脫下褲子，敵人的炮就被炸壞了。這是顯而易見的荒謬，而長媽媽卻講得很認真，並沒有流露出任何欺騙或者開玩笑的樣子。這就顯得好笑，不和諧，不一致，有點西方人幽默理論中的不和諧（incongruity）的味道，相當幽默了。

其次，用還原法觀之，對長媽媽的荒謬邏輯，特別是抓去做小長毛和女人一脫褲子敵人的炮就被炸壞了的說法，"我"不但沒有表示懷疑、反駁，反而引申下去。

4. 自己不怕這一切，因為自己不是門房。這就把邏輯向荒謬處更深化了。好像真的所有的門房都要被殺頭，好像太平天國時代還沒有成為遙遠的過去似的。這是第一層次的荒謬。

5. 第二層次的荒謬是，這一切居然既沒有引起"我"的恐懼，也沒有引起反感，反而引起了"我"的"特別的敬意"。邏輯就更加荒謬了。越是荒謬，就越是可笑。此等"敬意"的內涵，在字典裏是找不到的。語言的單純工具性，在這裏無能為力，只有把語義的變幻和人的情感世界的豐富和奇妙結合在一起才能真正領悟。

6. 這裏的幽默感得力於將謬就謬。按還原法，正常情況下，應該對長媽媽的荒謬故事加以質疑，加以反駁：阿長的立論前提絕對不可靠，推論也有明顯的漏洞。但作者對這些都視而不見，還順着她的錯誤邏輯猛推，將謬就謬，愈推愈謬；層層深入，越推越歪。幽默感隨之而強化。

7. "特別的敬意"和"偉大的神力"，如果不是在這個意義上用，可能要被認為是用詞不當。但是，這種用法有一種特殊的功能，就是反諷，表面上一本正經，作者未加否定，實質上卻越來越荒誕不經。在一本正經與荒誕之間，有着作家特別的情趣，非常生動地表達了作者的幽默感。

接着，正面引出作者想唸《山海經》的事情。對於這種孩子的童心，沒有人關心，而這個做保姆不稱職、生性愚蠢而又迷信的長媽媽，卻意外地滿足了孩子的心靈渴求。

作者對長媽媽的感情來了一個大轉折。這是第四個階段。

關鍵字是"空前的敬意"。比之第三個階段的"特別的敬意"還增加了一點分量。作者還怕不夠，又在下面加上了一個"新的敬意"。

但在性質上，這個“空前的敬意”、“新的敬意”和前面的不一樣，它不是反語，不是幽默的調侃，沒有反諷的意思，而是抒情的。它和前面的幽默反語遙相呼應，構成一種張力。

在整篇文章中，最精彩的就在這裏了。

同樣的詞語，在不同語境下，喚醒讀者不同的情感體驗。一個是反語，有諷喻的意味，而另一個則有歌頌的意味。而這兩種本來互相矛盾的內涵，竟可以水乳交融般自然地結合在一起。在這裏，我們看到了語言大師對漢語語義的創造性的探索。

細心的讀者可以從這裏深切地感受到語言的人文性：在字典中的語義是固定的，甚至可以說是僵化的，而具體語境中的語義，則是變化萬千的，是在人與人的特殊精神關聯中變幻的。這種變幻，是語義的生命，從這種變幻的語義中，讀者充分感受到人物的精神密碼和作者對人物的感情。魯迅對這個小人物的愚昧，並沒有採取居高臨下的、尖銳的諷刺，而是溫和的調侃，還滲透着自我調侃，同時對小人物的優點，哪怕是很微小的優點，都要以濃重的筆墨，甚至直接抒懷來表現。在最後一段，居然用了詩化的祈使語氣：

仁慈黑暗的地母呵，願在你的懷裏永安她的魂靈！

對中國的國民性一直持嚴厲批判態度的魯迅，用這詩一樣的頌歌式的語言是很罕見的。魯迅在小說中寫過一系列農村下層人物，但幾乎沒有甚麼人物是受到他歌頌的，從阿 Q 到祥林嫂，從七斤到愛姑，從單四嫂子到王胡小 D，從來沒有一個人物受到魯迅這樣詩化的讚美。長媽媽卻享此殊榮。從這裏可以看出，魯迅對下層小人物，對被侮辱、被損害的小人物，並不僅僅是"哀其不幸，怒其不爭"能概括完全的，至少在特殊的情境下，魯迅還為下層小人物所感動，似乎可以用"欣其善良"來補充。

讀文章，就是要讀出它的好處來，用比較的方法，就要比較出它們各自的特點來，《阿長與〈山海經〉》和《從百草園到三味書屋》與魯迅小說中的人物刻畫相比，它的特點就不難概括出來，那就是：不但有幽默的調侃，而且有真摯的抒情。

從這裏可以看出魯迅作為一個偉大的人道主義者，他的廣博的胸懷，即使對一個有這麼多毛病和缺點的、麻木的愚蠢的小人物，哪怕她只做了一件可能是微不足道的好事，魯迅也把它看得很重，要用詩一樣的語言來歌頌。

在這裏，我們應該深深地體悟魯迅式的人文情懷。而表現這種人文情懷，最為關鍵的詞語就是"偉大的神力"、"空前的敬意"和"新的敬意"，這一切和最後祈求大地母親永遠安息她的靈魂這樣的詩化語言結合成一種魯迅獨具的精神境界。一味拘於字典語義，是不可能進入這種深沉渾厚的精神境界的。

進入孩子的感覺世界

——《皇帝的新裝》中的人物為甚麼沒有個性

這是一篇童話，但又不是一般的童話，其主要形象已經走出童話進入了日常語言，即使沒有讀過《皇帝的新裝》的人，也會懂得這個典故的意思：心照不宣的謊言。

按何其芳的典型共名說，一個文學形象，成為口頭或者書面交往中某一精神現象的代名，成為家喻戶曉的典故，這是文學作品最大的成功的標誌。在中國文學經典中，類似的還有"畫皮"（《聊齋誌異》）、東郭先生（《中山狼傳》）、諸葛亮、張飛（《三國演義》）、李逵（《水滸》）、賈寶玉、林黛玉（《紅樓夢》）等等。

《皇帝的新裝》之所以有這樣大的影響，其中一個原因，就是這篇童話有某種寓言的性質。它不僅僅是一個童話故事，而且超越了一般童話想像和道德教化的功能，揭示了人類一種普遍的心理現象：在權勢者面前，人們，包括那些位高權重的大人物，對顯而易見的謊言都是隨聲附和的。

因為要揭示的是具有普遍性的、跨越時代歷史的社會心理，所以童話故事一般並不強調具體的地點和時代：

> 許多年前，有一個皇帝，為了要穿得漂亮，不惜把他所有的錢都花掉。

不但時間、地點是不具體的，連皇帝的名字、年齡，也都是含糊的。這樣寫的好處，是便於突出某種普遍性。這是寓言的特殊功能，它諷喻的不是某一個國家的皇帝，也不限於某一個時代的大臣，而是人類生活中一種普遍的精神現象。

設置可信的故事情節

《皇帝的新裝》的故事是荒誕的，這顯然是作者的虛構。讀者和作者有一種默契：這樣的事情在現實世界中是不可能發生的，只有在想像世界才可能發生。但是，這種虛構卻必須是可信的。不但諷喻的內容要可信，而且情節的發展也要可信。而要讓這個荒誕的故事情節發展的每一環都可信，難度很大。不僅要讓皇帝，而且要讓大臣都睜着眼睛說瞎話，彼此心照不宣，就必須有一個心理根據。在中國古典文言小說中，《嶗山道士》也是以視而不見作為故事情節的核心，但那是道術。可以說是接近神話的（超越現實的）想像：修煉不到家，是要碰釘子、鬧笑話的。在梁釋慧皎撰的《高僧傳卷二・晉長安鳩摩羅什》中也有過類似的想像：

> 如昔狂人，令績師績線，極令細好，績師加意，細若微塵，狂人猶恨其粗。績師大怒，乃指空示曰："此是細縷。"狂人曰："何以不見？"師曰："此縷極細，我工之良匠，猶且不見，況他人耶？"狂人大喜，以付織師，師亦效焉。皆蒙上賞，而實無物。

這段原本是一個寓言，説明大乘佛教"有法皆空"的精義，講的是一個宗教哲理。單從字面上看，故事裏視而不見的原因是心理的迷狂。首先，狂人自己要求太高，明明是極細之織物，卻嫌織得不夠精細。後來，甚麼也沒有，卻又盲目相信"良匠"。起初，由於自大而盲目，後來由於自卑而迷信，皆以不見為見。這就是一種心理的變態和扭曲。從這一點來説，這個故事和安徒生的《皇帝的新裝》有相近之處。但是，在安徒生的作品中，視而不見並不是由於道術。它不像道術那樣須要超越現實的利害，一旦有了非分的功利之心，道術就不靈了；也不像《高僧傳》中的狂人那樣完全是由於心理的迷狂。

在安徒生筆下，恰恰相反，首先是由權力決定了利害，使皇帝、大臣、世俗人等明明沒有看見任何新衣，為了避免給自己帶來不利，就隨大流說皇帝的新衣如何美好。除了孩子以外，沒有一個人敢講真話。如果光有這一個原因構成故事情節，顯然比較勉強。安徒生還特地為整個情節的因果性提供了一個更為深邃的心理基礎，他讓兩個騙子提出，他們縫製出來的最漂亮的衣服有一個特點："任何不稱職的或者愚蠢得不可救藥的人，都看不見這衣服。"

　　騙子騙人，騙一個人容易，騙許多人就困難了。但是，有了這一條，就可以使許多人一起順理成章地自我欺騙並相互欺騙。《高僧傳》的欺騙是自我迷狂，是一次性的自我蒙蔽，是不自覺的，而安徒生筆下的自我欺騙是帶有連鎖性的，陳陳相因，最後，個人在這個欺騙的網羅中失去了自主和自由。如果沒有這樣因果的連鎖性，從形式上來說，不但情節難以構成，而且更為關鍵的是，即使構成了，也缺乏荒誕性。沒有荒誕性，也就沒有童話式寓言藝術的風格可言了。

　　這種荒誕性不同於一般的荒誕性。第一，其荒誕性是層層強化的，從大臣到國王，從國王到群眾，都按着同樣的荒誕邏輯行事。當皇帝光着軀體在街上遊行的時候，"站在街上和窗子裏的人都說：'乖乖！皇上的新裝真是漂亮！他上衣下面的後裾是多麼美麗！這件衣服真合他的身材！'"社會身份雖然不同，但是，睜着眼睛說瞎話的心理動機卻是同樣的："誰也不願意讓人知道自己甚麼也看不見，因為這樣就會顯出自己不稱職，或是太愚蠢。"第二，在這種愈演愈烈的荒誕性怪圈中，暗示着一種清醒的批判。安徒生一次又一次向讀者揭示，每一個人都陷入了矛盾的選擇：要麼承認自己愚蠢或者不稱職，要麼就用謊言來掩飾。整個社會不約而同地選擇用謊言來自欺欺人，這不僅表現了個人的心理迷狂，而且說明了社會風習的黑暗。自欺欺人不單純是一個人的心術不正，更是一種社會心理的惡性循環。人們不分良莠，都陷入了這種惡性循環中不能自拔。讀到這裏，讀者彷彿看到安徒生嚴酷的、憂傷的眼神。第三，在所有人中，唯一的例外竟是一個小童，保持理性的居然是一個童稚未開的孩子。由此可見人們陷入瘋狂已經到了不勝其瘋的程度。字裏行間，成人的愚昧和兒童的純潔、批判和讚揚、揭露和抒情，反差如此強烈，張力如此強大，但又如此水乳交融般和諧。第四，這篇童話的精彩還在其結構。儘管情節層次相當豐富，但並不像小說那樣曲折多變，不像小說那樣讓每一個人物都各自遵循着不同的邏輯作出選擇，顯示出不同的個性；相反，所有的人，幾乎都按着同樣的邏輯行事，這就有可能造成個性的喪失。但是，如前文所述，我們不能忘記，這不是小說，而是童話，而且是寓言性的童話，寓意性，就是把一種普遍的意念寄託在沒有時間、地點、條件特點的環境和沒有個性的人物身上。這就構成了寓言式童話的單純性。環境、人物的普泛性和思想的單純性是緊密聯繫在一起的。如果是小說，這可能是敗筆，但對寓言式的童話而言，卻是長處，深刻地揭示了身陷如此社會環境，自欺欺人，惡性循環。越是循環，越是荒謬，越是荒謬越是可笑。

這就構成了這篇童話的喜劇風格。

"大同"中尋求"小異"

正是這種喜劇風格從兩個方面展示了安徒生的藝術風貌：其一，越是可笑，越是深邃，也就越是動人；其二，自欺欺人的動機雖然相同，但是，每個人的表現如果也如出一轍就走向單調了。安徒生的匠心就在於，每一個人的外部表現都各有差異。前後兩個大臣，都被皇帝認為是"誠實"的(原文在"誠實"兩個字上面，連引號都沒有加，後面說他是"善良"的，原文也是沒有引號)，都害怕被認為是愚蠢的或者不稱職的。如果安徒生用同樣的語言表現兩個人物，讀者就會厭倦。於是，安徒生用了稍稍不同的文字來表現他們的心理，藝術分寸感極強。第一個：

可憐的老大臣眼睛越睜越大，可是他仍然沒有看見任何東西，因為的確沒有甚麼東西。"我的老天爺！"他想，"難道我是愚蠢的嗎？我從來沒有懷疑過自己。這一點決不能讓任何人知道。難道我是不稱職的嗎？不成！我決不能讓人知道我看不見布料。"

第二個：

"我並不愚蠢呀！"這位官員想，"這大概是我不配有現在這樣好的官職吧？這也真夠滑稽，但是我決不能讓人看出來！"因此，他就把他完全沒看見的布稱讚了一番，同時對他們保證說，他對這些美麗的色彩和巧妙的花紋感到很滿意。

至於皇帝，心理邏輯也是一樣的，文字上卻有明顯的差別：

"這是怎麼一回事呢？"皇帝心裏想，"我甚麼也沒有看見！這可駭人聽聞了。難道我是一個愚蠢的人嗎？難道我不夠資格當一個皇帝嗎？這可是我遇見的一件最可怕的事情。""哎呀，真是美極了！"皇帝說，"我十二分的滿意！"

值得注意的是，這並不是《皇帝的新裝》的特殊手法，而是寓意性作品一條重要的規律。比如在《中山狼傳》中，狼要吃東郭先生，東郭先生提出應該先徵詢"三老"的意見，結果是"三老"中的二老都認為狼應該吃東郭先生，但二者的表述卻各不相同；又如普希金《漁夫和金魚的故事》，老漁夫放走了金魚，老漁夫的太太卻貪得無厭要求報答。每次，當老漁夫向金魚轉達老太婆的新要求時，金魚都滿足了她的要求，但每次都有差異：第一次要一隻木盆時，"大海微微起着波瀾"；第二次"要座木房子"時，"蔚藍的大海翻動起來"；第三次"要做世襲的貴婦人"時，"蔚藍的大海騷動起來"；第四次"要做自由自在的女皇"時，"蔚藍的大海變得陰沉昏暗"；第五次"要做海上的女霸王，叫金魚來侍候她，聽她隨便使喚"時，"海上起了昏暗的風暴：怒濤洶湧澎湃，不住的奔騰，喧嚷，怒吼"。除了最後一次，金魚滿足了老太婆所有的要求，但是大海的反應，每次都有遞進性的差異。這在美學上，叫做統一而豐富。統一性不夠（故事情節的因果性不一致，不是因為同樣的原因而說謊）就可能雜亂。藝術要求統一，但是，過分統一可能會單調（大家的反應都一樣，都說一樣的話）。可是，一味曲折，又可能顯得蕪雜。比起小說來，童話這種形式更加強調統一，以統一的因果性，達到單純的效果。因而除了文字上的差異以外，人物的心理並沒有多大差別。如果是在小說中，可以肯定，那兩個大臣的個性肯定是要有巨大反差的，甚至可能產生矛盾乃至衝突。但在童話中人物的普遍性比人物的特殊個性更受重視。

值得注意的是，皇帝穿着所謂的"新衣"遊行的時候，睜着眼睛說瞎話的人，並不限於大臣和武士，還有普通的百姓：

> 這樣，皇帝就在那個富麗的華蓋下遊行起來了。站在街上和窗子裏的人都說："乖乖！皇上的新裝真是漂亮！他上衣下面的後裾是多麼美麗！這件衣服真合他的身材！"

自欺欺人的，並不一定是統治階級，連普通老百姓都一樣陷入了這個欺騙的網羅。

這樣的諷喻已經相當警策了。如果安徒生僅僅揭露到這個程度上，當然也是相當深刻的。但是，似乎還不夠全面。謊言雖然可以被盲目地認同，可它畢竟是脆弱的。為甚麼安徒生最後安排了一個小孩子來揭穿這個謊言？這說明，首先，謊言並不難識破，只要具備最普通的人的感覺就足以認清。其次，謊言並不擁有特殊的力量，只要小孩子喊一聲，它就完蛋了。第三，"所有的老百姓"，也並不頑固，只要有人，哪怕是小孩子，帶頭振臂一呼，就覺醒了。第四，皇帝對真理也沒有特別的抵禦的感覺，他立即得知自己身上沒有任何衣服，甚至"有點兒發抖"。這就揭示了一個樸素的真理：謊言是不堪一擊的紙老虎，這是比盲從謊言更為深刻的一筆。

但這還不是最深刻的。安徒生接着揭露：滑稽戲並沒有因為百姓和皇帝的覺悟而立即結束：

> 不過他自己心裏卻這樣想："我必須把這遊行大典舉行完畢。"因此，他擺出一副更驕傲的神氣。他的內臣們跟在他的後面走，手中托着一條並不存在的後裾。

安徒生雖然是在寫童話，在幻想世界自由地想像，但他卻很現實——即便意識到了荒謬、虛假和欺騙，也並不意味着馬上就能改變。要真正改變現實世界中不合理的事情，還有很長的路要走。

《朝花夕拾》中含笑的批判

——走近偉大作家的童心

讀者對《朝花夕拾》這個書名，或可能比較陌生，但對其中一些作品，卻早就熟悉了，比如《從百草園到三味書屋》和《阿長與〈山海經〉》。讀這些文章和讀魯迅的小說有些不同。在小說中，我們看到作家對舊社會和中國傳統思想的解剖；讀他的散文，尤其是自傳性散文，則能看到他自己平凡的童心。

含笑的批判

《朝花夕拾》表現得最生動的是魯迅早期讀書受教育過程中，童心受到的扭曲和傷害，但不管怎麼扭曲，他天真的心態仍然相當自由。如：他的“百草園”雖然比較殘破，在成年人看來，可能相當荒涼，那些野草、破牆沒有甚麼意思，可是，對孩子來說卻比讀書好玩得多。在私塾裏，先生的教法單調沉悶，但魯迅自己不覺得單調，相反卻有點自我陶醉的樣子。孩子們活潑的天性受到無情的壓抑，卻能抓住極其有限的空隙找到樂趣。家裏的保姆是那樣愚昧，講的故事是那樣荒謬，但魯迅卻並沒有直接批駁，而是用含蓄的筆法去調侃，讓你露出會心的微笑。保姆不稱職，夏天的夜晚在牀上擠得自己不好睡覺，魯迅也不作正面的批評，而是結合她的迷信故事，說她有"偉大的神力"，對她有"空前的敬意"，用說反話的辦法將之化為善意的調笑。

這是一種微笑的批判。可以說，這是《朝花夕拾》一個不可忽略的特點。

在小說中，魯迅對小人物的麻木，批判是嚴峻，甚至冷酷的。但在散文中，魯迅寫的小人物卻是自己身邊的。近距離的親密關係使他對下層小人物分外寬厚，筆鋒也不以犀利為特點了，更多地帶着溫情。最明顯的莫過於長媽媽做出一點好事，魯迅就由衷地用詩一樣的語言去讚美她。

《朝花夕拾》在藝術上之所以不朽，不僅僅在於表現了魯迅的人道精神，而且還在於他通過平凡的童心來表現。他總是以一個兒童純潔的心靈去感受在他身邊發生的一切。關於他讀書，有一段很有趣的事，即使到了一百多年以後的今天，還會引起我們的共鳴。他正興沖沖準備出發去看"五猖會"，家裏所有的人為之興奮，為之忙忙碌碌，他的父親卻突然命令他背非常枯燥的《鑒略》，背不出就不能去。文章的氛圍寫得很緊張。幸而他背出來了，於是大家都鬆了一口氣。舊式教育的無情和可笑，由此可見一斑。

當然，魯迅並沒有把這種扼殺兒童天性的教育歸咎於個人，而是把矛頭指向傳統的教育理念。正是因為這樣，不但他父親，包括長媽媽，他都只用輕鬆的調侃的筆調。事情是可恨的，但是，人卻並不可恨，相反有時，卻是可笑、可同情、甚至是可愛的。

可恨的是觀念，而不一定是人。

含蓄和尖銳

他的批判矛頭所向，是普遍存在的觀念，而不是某一個人，就是對耽誤了他父親的命的所謂有名的中醫也一樣。這就使他的文字往往十分含蓄，耐人尋味。即使在後果十分嚴重的時候，文字也很少鋒芒畢露。

出診費是那樣的貴，所用的藥引又是那樣的古怪，而效果卻是白白送了自己父親的命。但是，魯迅並沒有借庸醫害人的事故來抒寫憤怒，把這個名醫寫得十分可惡，而是寫他醫了兩年之久而無效後，很坦然地表白："我所有的學問，都用盡了。這裏還有一位陳蓮河先生，本領比我高。我薦他來看一看，我可以寫一封信。可是，病是不要緊的，不過經他的手，可以格外好得快……"魯迅寫當時的他和家裏人的反應，只是說："似乎大家都有點不歡，仍然由我恭敬地送他上轎。"接着來的陳蓮河醫術同樣不高明而出診費用卻是同樣的昂貴，後果同樣的嚴重：

> 單吃了一百多天的"敗鼓皮丸"有甚麼用呢？依然打不破水腫，父親終於躺在牀上喘氣了。還請一回陳蓮河先生，這回是特拔，大洋十元。他仍舊泰然的開了一張方，但已經停止敗鼓皮丸不用，藥引也不很神妙了，所以只消半天，藥就煎好，灌下去，卻從口角上回了出來。

沒有一個字是直接説這位庸醫草菅人命的。但是，讀者完全可以從字裏行間感受到魯迅深沉的目光。

從《朝花夕拾》全書來看，當然並不是所有的文章都一概是這麼含蓄的。該尖鋭的時候，文字還是有魯迅式的尖鋭的，可謂嬉笑怒罵皆成文章。

比如在《二十四孝圖》中，他對野蠻的封建孝道的批判就是極其無情的，語言雖不失魯迅式的幽默，但在這裏幽默的溫情不見了，變成了尖鋭的諷刺。二十四孝中有個"哭竹生筍"的故事，説是三國時期，有一個叫孟宗的人，他的後母喜歡吃筍，冬天叫他去弄。他沒有辦法交差，就跑到竹林中去痛哭。沒想到，他的孝心感動了老天，筍就自動冒出來了。還有個"臥冰求鯉"的故事説，晉代王祥的後母常常想吃活魚，碰到天寒地凍，王祥就得把衣服脱了，睡在冰上，冰化了，就有一對鯉魚跳出來。

魯迅對此的批判不但不含蓄，還語帶譏諷，把其中的虛偽和荒謬描寫出來：

"哭竹生筍"就可疑，怕我的精誠未必就會這樣感動天地。但是哭不出筍來，還不過拋臉而已，一到"臥冰求鯉"，可就有性命之虞了。我鄉的天氣是溫和的，嚴冬中，水面也只結一層薄冰，即使孩子的重量怎樣小，躺上去，也一定嘩喇一聲，冰破落水，鯉魚還不及游過來。自然，必須不顧性命，這才孝感神明，會有出乎意料之外的奇跡。

二十四孝中還有"郭巨埋兒"的故事，說是郭巨這個人因為擔心孩子（嬰兒）分了母親的食物，就挖個坑準備把親骨肉活埋了，結果是挖到了黃金。魯迅這樣寫道：

我最初實在替這孩子捏一把汗，待到掘出黃金一釜，這才覺得輕鬆。然而我已經不但自己不敢再想做孝子，並且怕我父親去做孝子了。家景正在壞下去，常聽到父母愁柴米；祖母又老了，倘使我的父親竟學了郭巨，那麼，

該埋的不正是我麼？如果一絲不走樣，也掘出一釜黃
金來，那自然是如天之福，但是，那時我雖然年紀
小，似乎也明白天下未必有這樣的巧事。

魯迅尖銳諷刺、批判這樣殘酷、野蠻的孝道，思想是深沉
的。但他又把這樣可怕的事批判得如此雋永有趣，體現了魯迅
深厚的文學功力，值得反復欣賞體悟。

棄醫從文的原因

《朝花夕拾》中最有名的文章要算《藤野先生》了。研究魯
迅思想變化，這是一篇很重要的文獻。在這篇文章中，魯迅描
述了他棄醫從文的決心形成的過程。那是在仙台醫學院的課堂
上，魯迅受到了刺激：起先是藤野先生的課，他考了 60 分。可
能藤野先生的分數給的是很嚴的，60 分很不容易，就有一些日
本同學以為是藤野給魯迅漏了題，還引起了莫明其妙的風波。
魯迅這樣寫自己的感受："中國是弱國，所以中國人當然是低
能兒，分數在六十分以上，便不是自己的能力了。"接着再來
的是下面這件事：

第二年添教黴菌學，細菌的形狀是全用電影來顯示
的，一段落已完而還沒有到下課的時候，便影幾片時事

的片子，自然都是日本戰勝俄國的情形。但偏有中國人夾在裏邊：給俄國人做偵探，被日本軍捕獲，要槍斃了，圍着看的也是一群中國人，在講堂裏的還有一個我。

正是這樣一種刺激，使魯迅決計放棄醫學，轉而獻身文學。在當時的魯迅看來，身體再強健的中國人，如果思想麻木，也只配給外國人當偵探，抓住了，作示眾的材料，幸而置身局外的，也只能做麻木的看客。因而在當時的魯迅看來，最重要的不是身體的強健，而是思想的啟蒙。而文學便是啟蒙的最好手段。

魯迅的這篇文章一直被看作是闡釋魯迅思想發展的權威文獻。

後來魯迅的主要作品證明，他集中全力批判的正是中國人在嚴峻的形勢面前的思想麻木。阿 Q 的身體並不差，但卻麻木到上刑場的時候，還想出風頭；祥林嫂身體本來是很健康的，但由於迷信，僅僅因為不能參加除夕敬神，就痛苦得喪失了勞動力；華小栓得了肺病，卻用蘸了革命烈士的鮮血的饅頭去治，結果當然治不好。這表明，連革命者的鮮血也不能喚醒他們的覺悟。

有趣的註解

《朝花夕拾》每一篇文章後面都有很詳細的註解。其完備程度沒有任何一個作家的文集能夠超過。不但有文字的註解，還有典故、風俗的註解，而且許多註解都有原始的文獻根據。還有一些魯迅自己記錯了的東西，都嚴肅地加以說明。許多地方，其學術的可靠性不亞於百科全書。

只要有耐心，讀起來是很有趣的。

這本書不厚，註解也不是特別多，如果有足夠的時間，把這些註解從頭到尾讀一遍，可以增長許多見識，收穫也許不亞於讀《朝花夕拾》。

書中有許多當時魯迅和陳西瀅、徐志摩、章士釗等人論爭的註解，不但可以增長文化歷史的感性知識，而且有助於欣賞即興發揮的技巧。

詞典語義與文本情景語義
——《最後一片葉子》解讀

情節的真實性與主觀性

要理解這篇小說的特點，首先要提出一個要害問題：得了肺炎的人，能不能夠活下來，是由病人想不想活決定的嗎？

這篇小說，雖然表面上是寫實的，有現實的環境、現實的生活細節、現實的人物，一切都和經典的現實主義小說一樣。但有一點是不一樣的。在現實生活中，得了肺炎的人的生命主要是由生理和病理決定的，而在這篇小說裏，卻是由一種精神，一種對於生命的信念來決定的。小說裏的醫生對喬安西的病是這樣說的：

> "現在十成希望只剩下一成。"醫生一邊甩下體溫表裏的水銀一邊說，"這希望取決於她抱不抱活下去的決心。"

心理對於病理來說，可能有相當的影響，但是，像這樣起絕對決定性作用無疑是不太可能的。從這裏，可以感到作者所要強調的是，如果喪失了對生命的信念，人就注定要死亡；反過來，只要堅持生命的信念，就可以戰勝死亡。

把主觀情感的重要性放在客觀的生理規律之上，在小說裏並不罕見。例如，在《儒林外史》中有一個著名的例子，一位姓嚴的人，很小氣，臨死前因為家裏一盞燈點了兩根燈草，就老是不斷氣。弄得家裏人莫明其妙。後來他的老婆理解他，把燈草退去一根，他才平靜地死了。

但這是一種諷刺，而且最後他還是死了。

精神超越死亡，在童話和神話裏，或者抒情詩裏比較多見。最有名的是白居易的《長恨歌》，愛情是超越時間和空間的局限的。"在天願作比翼鳥，在地願為連理枝。天長地久有時盡，此恨綿綿無絕期。"詩中描寫的情感是如此永恆，甚至可以超越無限的時間和空間。臧克家的詩《有的人》："有的人活着，他已經死了；有的人死了，他還活着。"強調的是精神可以超越生死界限。這種超越不是現實的，而是想像的，不是一般的想像，而是詩的想像。抒情詩的想像的最大特點，就是情感的自由。為人民的幸福而犧牲的人，是不死的，他的生命是永恆的。抒情詩表現的並不一定是現實的，而是詩人的情感。感情和理性不同，理性是遵循客觀的，而感情卻是歸屬主觀的。主觀越是超越客觀，感情越是動人，越是有詩意。

信念決定生命，使這篇小說充滿了詩意。

但是，如果用寫詩的辦法來寫小說，可能有概念化的危險。因為信念是抽象的，如要讓病人直接講出來，讀者是很難感受得到的。

為此作者又在構造情節時，設計了相當獨特的關節，把生命的信念集中到一個可感的（看得見，摸得着的）事物上去。如果光是可感，比如留戀、捨不得情人送的禮物之類，也不是不可以，但這樣就可能比較俗氣，或者落入俗套了。小說中，醫生和病人的朋友休易有幾句對話：

　　"這位小姐認定自己再也好不了。就不知道她還有甚麼心事嗎？……我是問她心裏還有沒有留戀的事。比方說，心裏還會想念哪位男人。"

　　"男人？男人還會值得她想？"休易的聲音尖得像單簧口琴，"沒有這種事，醫生。"

這一筆，看來很平常，卻很有意味，一個女孩子，快要死去了，在美國人看來，總有能夠引起她對生活的留戀的。還有甚麼比愛情更強烈呢？連愛情都沒有，可見是極其絕望了。但小說出奇制勝地設計了一個看得見摸得着的東西，比愛情更為強烈，那就是葉子。窗外的葉子，一片片正在凋零的葉子。

一片樹葉的情景語義

為甚麼是葉子呢？

首先，因為她是畫家。她對畫面極為敏感。其次，葉子很平凡，但是，在這裏，作家賦予它以生命，一種在淒風苦雨中頑強生存的意味。這就不完全是現實的描寫，更多的是象徵，詩意的象徵。作者賦予這片葉子的意義遠遠超越了葉子本身。女主人公喬安西不厭其煩地提起：

> 等最後一片葉子掉下來，我也就完了。
>
> 要是天黑前我看到最後一片葉子掉下來就好，見到了我也好閉眼。
>
> 我只願像沒了生命力的敗葉一樣，往下飄，飄。

最後一片葉子，成為生命的一種象徵，象徵着生命的信念。精神的力量可以戰勝病魔。

但是，這種精神的力量，女主人公原本並不具備，她曾經把自己比作"弱不禁風的藤葉"，是另外一個人物以生命為代價改變了她。

值得欣賞的是，喬安西從失去生活的信心，到重新獲得生命的信念，本來是一個挺複雜的過程，對於作家來說，表現這個過程無疑是一個艱巨的任務。如果正面去寫可能吃力不討好。而歐·亨利卻駕輕就熟，只是在對話中，用了幾個細節就完成了一個人的生命觀念的轉化。

　　起初是醫生的話：

　　　　如果病人盤算起會有多少輛馬車來送葬，
藥物的療效就要打個對折。要是她能問起今年
冬天大衣的衣袖時興甚麼樣式，那麼我對你説
罷，她的希望就不是一成，而是兩成。

　　只用了兩個細節（送葬車、大衣衣袖），就説明了生
死之別。

　　後來喬安西病體好轉了，讀者從她外表就可以看得
一清二楚。但是她的內心如何呢？

　　歐·亨利同樣也是用對話的方式作了精煉的交代。
當然，如果接着醫生的話頭説下去，喬安西打聽起時興
的大衣袖子樣式了。這就既不真實，也不藝術，甚至有
點傻乎乎了。作者讓喬安西説話，實際上回答了醫生提
出的問題：

　　　　休易，我太不應該。不知道是怎麼鬼使
神差的，那片葉子老是掉不下來，可見我原來
心緒不好，想死是罪過。你這就給我盛點雞湯
來，還有牛奶，牛奶裏攙點葡萄酒——等等！
先拿面小鏡子來，再把幾個枕頭墊到我身邊，

讓我坐起來看你燒菜。

一共才用了五個細節：雞湯、牛奶、葡萄酒、小鏡子、坐起來看燒菜，統統說明她對飲食、打扮、生活瑣事又充滿了情趣。這是簡練的手筆，一來表現出作者對短篇小說這種形式的嫻熟的駕馭，二來透露出作者明快的風格追求。

導致喬安西轉化的人物，貝爾曼，無疑是作品中的英雄。但是，作者好像故意把他寫得毫無英雄的光彩。先是他的外表：他老了，年過六十，其貌不揚（紅眼睛不住地流淚）；其次是，他四十年作畫，一事無成，窮困潦倒；再次，說話粗魯，用的都是下層百姓的詞語，在英文原著裏，充滿了發音的錯誤，說明他沒有受過多少正規的教育。試舉老貝爾曼和休易的對話為例，短短的幾句話，就說錯了許多：

"You are just like a woman！" yelled Behrman. "Who said I will not bose？ Go on. I come mit you. For half an hour I haf peen trying to say dot I am ready to bose. Gott！ dis is not any blace in which one so goot as Miss Yohnsy shall lie sick. Some day I vill baint a masterpiece，and ve shall all go away. Gott！ yes."

對英語有興趣的讀者可以看出，他把 pose 說成 bose，with 說成 mit，have 說成 haf，been 說成 peen，God 說成 Gott，this

說成 dis，place 說成 blace，good 說成 goot，paint 說成 baint，we 說成 ve：甚至連女主人公的名字 Johnsy 都說成了 Yohnsy：這可能暗示他是歐洲某國（日爾曼人？）移民，在美國屬於那種 "unsettled"（尚未融入）的、社會地位很低的一類人。到小說結尾，讀者才明白正是這個老頭子，畫出一片葉子，給了女主人公以生命的信念。他是在雨中畫的，弄得 "衣服、鞋子全濕了"，受了風寒，得了和女主人公一樣的肺炎，他犧牲了生命，女主人公卻因此獲得生命的信念，戰勝了病魔。

由此可見，這篇充滿詩意的小說所歌頌的，不僅僅是生的信念，還有一種為了他人的生命作出最大的自我犧牲的精神。貝爾曼無疑是個英雄，但卻極其平凡。他一點沒有英雄的自我意識，他也沒有意識到自己會犧牲，這正是他的平凡之處，和女主人公一樣平凡。

然而，作者又暗示，這樣的平凡的人物是不平凡的。

關鍵字語的巧妙運用

這種不平凡的暗示，主要集中在關鍵字語"傑作"上。

這個"傑作"，一連幾次，都帶有反諷意味，直到最後一次才是抒情的。

這種手法和魯迅在《阿長與〈山海經〉》中幾次用"偉

大的神力"一樣有異曲同工之妙,前面一直是反諷的,直到最後一次,才是歌頌的。

貝爾曼出場的時候,作者強調他在藝術上一直沒有搞出甚麼名堂來,但是又一直強調,老頭子念念不忘要有所成就,念叨着要畫出"驚人之作"。可是,他把畫架支起來 25 年了,還沒有開始畫上一筆。這麼一把年紀,沒有甚麼成功的希望了,可他還是念念不忘自己要畫出"驚人之作"。單純從這一點上看,小說的筆調語帶嘲諷。這在原文中是很明顯的。可惜我們選用的譯文,卻沒有充分把歐·亨利式的調侃傳達出來。到了小說的結尾處,作者藉休易的嘴巴説:

> 現在你看牆上還趴着最後一片藤葉,你不是奇怪
> 為甚麼風吹着它也不飄不動嗎?唉,親愛的,那是貝
> 爾曼的傑作,在最後一片葉子落下來的晚上,他又在
> 牆上補上了一片。

這裏的"傑作",才是真正的抒情性的話語,點出了挽救生命的葉子原來出自這個不成才的畫家之手,諷刺的意味變成了歌頌。

葉子,最後一片葉子的內涵是多重的,不僅僅是生命信念的象徵,還是平凡的自我犧牲的象徵。

"傑作"在這裏是個雙關語,表面上是繪畫,可要真正從繪畫的角度來説,根本沒有甚麼了不得的成就;從精神境界上

看，是作出奉獻，而又沒有奉獻之感的象徵。只有從這個意義上來說，才是難能可貴的，是真正的"傑作"。

不論從思想上，還是從藝術上，這都是小說的焦點，關鍵字中的關鍵字，就是這個"傑作"。然而，作者採取了一種很奇特的寫法，不是正面寫這個英雄，也不正面寫獲得生命信念的喬安西。正面着筆的，是休易的感覺。這個人物在故事情節中，沒有起多大的作用。她的任務只是通過她的眼睛和嘴巴，讓讀者體驗情節和人物的發展和變動，包括老貝爾曼的英雄行為，作了簡單得不能再簡單的敍述，連一點描寫都沒有。

這不是本末倒置嗎？不是。這正是歐·亨利構思獨特的地方。如果直接正面寫貝爾曼如何在夜裏，搬了梯子，拿着畫筆，忍受細雨和寒風，艱難地完成了那最後一片葉子，也不是不可以。但篇幅會很長，懸念也沒有了。現在這樣寫：

　頭一天看門人在樓下房間發現他難受得要命，衣服、鞋子全濕了，摸起來冰涼。誰也猜不着他在又是風又是雨的夜晚上哪兒去了。後來他們發現了一盞燈籠，還亮着，又發現扶梯搬動了地方，幾支畫筆東一支，西一支扔着。一塊調色板上調了綠顏料和黃顏料。

56
從方法開始

這種寫法最明顯的好處是精煉。只用了幾個細節，就把一個人死亡的整個過程表現出來了。一盞燈，說明是夜裏，而且還亮着。微妙的暗示，隱現在字裏行間。扶梯搬動過，說明是往窗戶的高處畫。衣服鞋子都濕了，是冒雨工作的結果。幾支畫筆，東一支，西一支，說明零亂，是受凍以後艱難支撐的痕跡。

真正的好處還在於把懸念和思想的焦點都放到了最後一句："親愛的，那是貝爾曼的傑作，在最後一片葉子落下來的晚上，他又在牆上補上了一片。"

這正是歐·亨利式的結尾：突然把故事的謎底揭示出來，人物突然被思想照亮，前面的故事有了新的意義，對人物的評價發生對轉——貝爾曼從一個窮愁潦倒的人物，變成了一個崇高的英雄，這不但非常具有戲劇性，而且非常深邃。這樣曲折深沉地把故事的價值提升到一個新的層次的結尾，話說得越少，越有潛在的含量，不但是思想的，而且是藝術的。這樣的敍述就不是一般完成故事情節的交代的任務，而是把想像的空間留給讀者，促使讀者掩卷沉思。歐·亨利在結尾處常常利用這樣的發現，讓讀者得到藝術和思想的雙重享受。

用還原法解讀文言經典

——解讀蒲松齡的《狼》

《狼》是清代作家蒲松齡《聊齋誌異》中的故事。文言小說之所以簡潔，有一個原因，就是句法比較簡明。句子大多是簡單句，句子之間的邏輯因果和時間空間的承接都是省略了的。把複雜的過程、其間的因果、前後的聯繫，放在敍述的空白裏，是文言小說作家常用的手法。

用還原法重組故事情節

這篇文章文風乾淨利落，全文幾乎都是敍述，沒有描寫，沒有抒情。除了最後一句是感歎以外，作家的感情沒有直接流露。這種白描手法可以說是爐火純青。但要真正領悟白描手法的妙處，就得用還原的方法，把那些在作者那裏省略的東西補充出來。這就是說，要懂得文章的好處，就不能僅僅滿足於欣賞文章已經寫出來的，還要把它沒有寫出來的想像出來。

> 一屠晚歸，擔中肉盡，止有剩骨。途中兩狼，綴
> 行甚遠。

這個屠戶的面目、衣着、年齡就沒有寫，客觀的情況，除了一個"晚"字，全部省略了。能否省略的原則是對後面文章的進展有無作用。有則多寫，無則省略。沒有肉只有骨，就對後文描寫屠夫窮於應付的作用極大。如果肉很多，狼吃飽了，撐得慌，情節可能會有另外一種發展。"途中兩狼"，表明不是一隻，如果是一隻就沒有後面的驚險故事了。這裏作家的省略很多，兩隻狼，是公的還是母的，是灰的還是白的，是老的還是小的，都與後面的情節無關，所以全都省略了。"綴行甚遠"，省略的更多：跟着他、擺脫不了，是一個很長的過程，直到追得他沒有辦法，才把骨頭丟給狼們。從這種過程的省略，不僅可以看出作家的筆法簡潔，更重要的是可以看出作家的匠心。大凡前面提到的，後面必有發展。

蒲松齡敍述的功力，並不僅僅在敍述比較簡單的事情上，對於比較複雜的事情，蒲松齡也以簡馭繁：

> 一狼得骨止，一狼仍從。復投之，後狼止而前狼
> 又至。骨已盡矣，而兩狼之並驅如故。

這裏，值得注意的是量詞的靈活運用。

由於兩隻狼在前面沒有以形狀和顏色來區別，這給後來分

別敍述二者帶來了難度。蒲氏起初用了兩個"一"（"一狼得骨止，一狼仍從"），代表兩隻不同的狼。緊接着，情勢變化了，再用兩個"一"就缺乏變化了。他改用位置來區別（後狼，前狼）。等到骨頭吃完了，兩隻狼仍繼續跟蹤着屠戶，但牠們是並排，還是一前一後，或者是一會兒並排，一會兒一前一後，就不值得交代了，作者就乾脆含混地用"兩狼"（並驅如故），不再強調二者的區別了。接着，作者又有區別了："一狼徑去，其一犬坐於前。"還是用一個"一"字，就輕而易舉地把兩隻狼，恰如其分地分別開來。讀者只要從中獲取必要的資訊，憑上下文想像出二者的不同，就足夠了。至於其他的區別，本來可以寫出很多，但是作者略而不計。這就是精煉的"精"的要義。不要小看這樣的文字。這裏有作家的匠心——盡可能把與情節發展無關的細節省略掉。把動作和情景減少，以免干擾讀者對情節因果鏈的注意，這是本文之所以精煉的原因之一。

細節的設置

本文的長處不僅僅是精煉，還在於把有限的細節有機地組織起來。

隨着故事的進展，敍述出現了細節和比喻，有了一點描寫。如"狼不敢前，眈眈相向"，"其一犬坐於前。久之，目似瞑，意暇甚"。這是因為，這種狀態是一個懸念，結局時將有一個解釋，這對情節有相當的重要性：屠夫殺了兩隻狼後才悟出來，原來狼做出心不在焉的樣子，是為了麻痹他（"乃悟前狼假寐，蓋以誘敵"），結局使前因獲得了解釋，讀者對情節的意義也有了新的體悟。這種情節因果的有機構成，正是小說的特點。

這篇文章，表面上看，其好處是寫得很乾淨，沒有可有可無的話。但光是這樣還不能解釋為甚麼有些地方又有一些描寫的筆墨。仔細分析以後才發現，凡是花了一點筆墨的地方，在後來都是有新的意義的。這就使這篇篇幅很小的文章，在文字結構上具有了一定的有機性。前文不僅僅是為了前文，而且對後文有用，後文也不僅僅為了後文，而且對前文有用，這叫做用筆有前後照應之效。

文章最後有一點議論，從小說的角度來說，是可以省略的。現代小說家往往迴避把主題都講出來，因為把傾向性隱藏在情節發展的過程中，更有利於調動讀者的心理參與，可以為不同讀者的多元理解留下充足的空間。但蒲氏是中國古代文言小說家。他的《聊齋誌異》幾乎在每一篇故事後面都要發一通議論，有時用"異史氏"的名義（其實也就是他自己），有時則作為文章的一個部分。可以把這看成是一種體式。不僅《聊齋誌異》如此，早在司馬遷的《史記》中，文章後面就有"太史公曰"。這是一種傳統的格式，蒲氏不過是稍稍作了一些調整而已。

讀懂

自然

春天：九種不同的古典詩情

在中國古典詩歌中，春的意象，是多彩感興的母題。春天的每一刻都是美好的，每一種景觀都能引發詩思：春花、春月、春雨、春風、春宵、春草、春柳、春雪、春夜、春江、春情、春思、春意、春閨、春夢、春曉、春酒、春台、春雷、春泛、春宴、春宮、春遊、春眺、春望，每一種姿態都能激起特殊、美好的詩語詩情，尋春、怨春、思春、問春、盼春、送春、迎春，皆成文章。不但春天帶來的歡樂是美好的，而且因為春光珍貴，造成春華短暫的感覺，帶來的憂愁也是美好的。就連春天夜裏看不見、聽不到、摸不着的細雨，早春遠望則有、近觀則無的春草在詩人筆下都是那麼珍貴、美好。

春天的美，是無限豐富的，不僅因為春天本身，而且因為詩人的情感的歷史積累。在不同的詩文中，春天有不同的美。

江南的春天

江南春

杜牧

千里鶯啼綠映紅，水村山郭酒旗風。

南朝四百八十寺，多少樓台煙雨中。

這首詩看來簡單，沒有一個字不認得，也沒有甚麼看不懂的。但是，要說出它的好處來卻不容易。第一句，"千里鶯啼綠映紅"，說的不過是長江南岸的春天，鮮花盛開，處處鳥語鳴囀。問題在於，直接說"處處"，就沒有甚麼詩意，一定要說"千里"。在詩歌裏，數字是認真不得的。但是，在這首詩寫出來以後幾百年，也就是明朝，還是有一個名叫楊慎的詩人，對這個"千里"發出了疑問。他說："千里鶯啼，誰人聽得？千里綠映紅，誰人見得？若作十里，則鶯啼綠紅之景、村郭、樓台、僧寺、酒旗皆在其中矣。"（楊慎《升庵詩話》）這個問題，當時沒有人能夠回答。又過了幾百年，到了清朝，有一個人叫何文煥，他說："'千里鶯啼綠映紅'云云，比杜牧《江南春》詩也。升庵謂'千'應作'十'。蓋'千里'已聽不着、看不見矣，何所云'鶯啼綠映紅'耶？余謂即作'十里'，亦未必聽得着、看得見。"[①]

這種抬槓，在邏輯上，屬於反駁中的導謬術：不直接反駁論點，而是順着你的論點，推導出一個荒謬的結論來，從而證明你的論點是錯誤的。

何文煥最後說，杜牧說"千里鶯啼綠映紅"，不過是說詩人覺得到處都是花開鳥語而已。

和何文煥比較起來，楊慎就顯得呆頭呆腦。因為在他內心深處，有一個潛在的前提，就是詩歌一定要如實地反映客觀現象，不如實就不能動人。這是一個極大的誤解。何文煥的原則與楊慎有根本的區別，他認為詩歌只要表現詩人自己的感情和感受就行了。這在當時是一種直覺，今天我們已經有了文藝心理學，大家都知道，詩人帶上了感情，感覺就可能產生變異，在語言上就有誇張的自由。沒有這種自由，就不能想像；沒有想像，就沒有詩歌。

想像、虛擬、假定是理解詩歌的關鍵。進入想像和假定、虛擬境界不僅是詩人的自由，而且是讀者的自由，詩人用自己的自由想像，激發起讀者的想像，帶動讀者在閱讀中把自己的感情和經驗投入到詩句的理解中，一起參與創造。越是能激起讀者想像的作品（不管這種想像是否絕對符合作者的初衷）越有感染力。讀者的想像也是一種創造，這不僅僅表現在所謂"誇張"這一類現象中，而且表現在許多微妙的方面。如下面一句"水村山郭酒旗風"，如果用楊慎的邏輯來推敲，也有問題：除了水村、山郭、酒旗以外，就甚麼也沒有了？怎麼光有酒旗，為甚麼沒有提到酒店呢？風吹着酒旗，為甚麼沒有人呢？等等，這樣的問題，是問不完的。但是，這種問題是外行的問題。

詩人調動讀者的想像來參與，卻並不提供資訊的全部，他只提供了最有特點的細部，把其他部分留給讀者去想像，讓讀者用自己的經驗去補充。詩歌的語言越能調動想像，越有品質。關鍵是要有效地調動。詩人要表現的客觀世界和主體情感是無限豐富的，人類的語言不可能全部表達出來，詩人只能選取其中最有特徵的部分。特徵不是整體，但是它可以刺激讀者的聯想或想像，把他們的經驗和記憶啟動。被詩人排斥了的部分就由讀者憑自己的想像去填充。所以詩人的語言，從正面來說，要抓住有特點的局部，從反面來說，就是要大幅度省略，在特徵以外留下空白。

回到這首詩上來，為甚麼詩人只提供了幾個意象：水村、山郭、酒旗和風，就抓住了最有特徵的部分？這句詩的省略是很大膽的，四個意象之間的空間關係並不確定。它們是任意的並列還是意象疊加（美國的意象派就是這樣說的）呢？好像沒有必要太認真，對於想像來說，精確的定位，是有害的。

要徹底弄明白這個問題，還要明確：詩歌的想像性與語法存在着一點矛盾。

從語法上說，四個名詞並列，介詞和謂語動詞都沒有，連一個獨立的句子都構不成。但是，這並不妨礙讀者在腦海裏把它想像成一幅圖畫。若是把四者的關係用動詞和介詞規定清楚了，反倒有礙詩意的完整了。有人說，這正是蘇東坡所提倡的詩中有畫、畫中有詩的好處。有人則更進一步，說從中可以看出詩人"經營位置"的匠心。這樣說就有點過分了。因為在繪畫中，事物的空間位置是固定的，而在詩中，意象的空間位置不確定，才有利於讀者的自由想像。最明顯的莫過於酒旗和風的關係，這關係是浮動的。這是很好的詩句，但是，如果拘泥於現代漢語語法，讀者就可能追問：是風中酒旗在默默地飄舞呢，還是酒旗被風吹得呼拉拉響呢？

正是由於意象浮動，不確定，才有利於詩人和讀者的自由想像雙向互動。從語言上講，這有利於精煉，本來要許多句子才能講清楚的，現在只要一句就成了。這叫做詩句的"意象密度"。密度越大，越是精煉。

既然意象浮動的方法有這樣的好處，就應該一直這樣浮動下去嗎？第三、四句詩，杜牧是不是運用同樣的方法呢？似乎不是。

"南朝四百八十寺，多少樓台煙雨中。"完全是另外一種句法。

前面兩句的好處是十分精煉，把好幾句話合併成兩句話，後面怎樣呢？後面的兩句，說的是有許許多多的寺廟，第三句還難得地提供了精確的數位，那麼第四句有沒有提供新資訊呢？似乎不多。只把前面的"四百八十寺"，變成了"樓台"和"煙雨"的意象。

這不是把本來一句話可以說完的，分成兩句說了嗎？

但是，樓台和煙雨是局部，而前面的千里鶯啼和水村山郭、四百八十寺，則是大全景。全詩形象的中心是樓台和煙雨。很明顯，對於樓台和煙雨，作者不滿足於華美的印象，他先是總體感受（四百八十寺，是一個目測），然後把它們籠罩在江南特有的煙雨之幕中，玩味、發現、感歎。因為在煙雨之中有點朦朧，讓詩人發現佛寺之美，其特點是有點縹緲，超凡脫俗的。接着，詩人將這種美的欣賞轉化為歷史的感歎，南朝已經滅亡了，但寺廟之美卻沒有變化。

這裏有玩味、發現和激起感慨的過程，如果用一句話，精煉是精煉了，心理的過程，特別是景觀欣賞和歷史感歎的雙重意味卻沒有了。用兩句寫，就顯出了心理感知的微妙層次。

從語言上來說，這樣完整的句法、句子間邏輯的連貫性和前面兩句的片語並列關係，是一種對比，詩句結構在統一的音節中增加了變化。

任何一種藝術方法，都要有節制地使用，就是精煉的句法，也不是用得越多越好。反復連續地使用意象浮動的方法，可能給人堆砌之感，意象的密度太大，對內心感受層次的展示反倒有妨礙。

並不是景象寫得越美好，越有詩意，而是內心的觸動越精緻，越有詩意，拿杜牧這首和張籍的一首同題詩相比，就能說明問題：

江南楊柳春，日暖地無塵。

渡口過新雨，夜來生白蘋。

晴沙鳴乳燕，芳樹醉遊人。

向晚青山下，誰家祭水神。

——張籍《江南春》

詩當然不算差，但光是眼睛在動，內心的動作不太
明顯，景物之美非常豐富，但情感卻被淹沒了。

意外的春天

遊園不值

葉紹翁

應憐屐齒印蒼苔，小扣柴扉久不開。

春色滿園關不住，一枝紅杏出牆來。

"應憐屐齒印蒼苔"，"憐"字值得推敲。憐甚麼
呢？從句法來說，憐的對象是屐齒，但是，屐齒有硬
度，大概不用太多憐惜。憐的對象應該是"蒼苔"，它是
屐齒"印"的對象。路上有蒼苔，應該是人跡長久不到
的結果。被屐齒印出痕跡的蒼苔比之屐齒更足可憐、可

愛。但憐惜的是蒼苔，還是園子內外人跡罕至的寧靜呢？或者二者都一樣彌足憐愛？這一切也許不應該過分拘泥。應該認真體會的是，從這個"憐"字中透露出的詩人的心理特徵：這是個外部感覺很精緻、內心也很敏感的人。

這種精緻和敏感還可以從下面一句"小扣柴扉久不開"來體悟。

小扣，是輕輕地扣（不是數量上扣得少，不是"小睡片刻"的"小"）。但是，久扣不開，是不是要重扣一下呢？詩人沒有說後來改變了策略，應該是一直"小扣"。這個人不但細心，而且很有耐心，很珍惜園子的寧靜。

儘管熱愛寧靜，但柴門久扣不開，是不是有些掃興？詩人也沒有交代，或者是來不及交代吧。隨即便有一個意外的現象，轉移了他的注意：門牆裏的紅杏冒了出來。這神來之筆，成了千古名句。原因可能是：

一、這句表現了詩人心理上一個突然的轉折，久扣的沉悶為一個驚喜的發現所代替。春天已經來了，這麼美，這麼突然。

二、這個發現的可喜還在於，是一枝紅杏，而不是一樹紅杏。如果是一樹紅杏，那意味着春天早已到來。而一枝紅杏，則是最早的報春使者，"最早"和我不期而遇，是我的發現。

三、這是一剎那的驚喜，沒有準備的歡欣，無聲的、獨自的歡欣，不僅是對大自然的變化的發現，而且是對自我心靈的發現。

四、一般地説，詩句的好處是不能脱離全詩來理解的，但這兩句在長期的傳誦中，卻常常被獨立引用。有時表現在外界重壓下抑制不住的生氣或者活力；有時則具有了由格言式的意義衍生出的寓意；紅杏出牆，用在男女關係上，表示女方有外遇。

春天的美好，也有這樣偶然地被發現的。

這和杜牧滿眼鳥語花香的縱目遠眺，是很不一樣的，不一樣不僅在景色，而且在心情和胸懷。

這首詩寫得很精彩，其中的"一枝紅杏出牆來"，成了千古名句。美中不足的是這個句子不是作者的原創，而是從陸游的《馬上作》中抄來的。陸游的原作如下：

> 平橋小陌雨初收，
> 淡日穿雲翠靄浮。
> 楊柳不遮春色斷，
> 一枝紅杏出牆頭。

但奇怪的是，陸游的原作在多少年的流傳中，卻不及葉紹翁這句詩這樣膾炙人口。這也許可以說明，葉氏不僅僅是抄襲，還是有一點創造的。從全詩來比較，二者有明顯的差異。在陸游的原作中，前面兩句是一般的欣賞美景，第三四句，基本上仍然是對美景的欣賞，不過想像更加活躍了，不是一般地描寫楊柳和紅杏之美，而是把楊柳與紅杏的關係想像成為：1."遮"與"不斷"

的矛盾關係；2. 把這種關係和春色之美聯繫起來，構成一種因果：因為豐茂的楊柳，遮不斷紅杏，有了色彩的反差，春色才顯得如此美好。這兩句比之前兩句，情致要活躍得多了。

但是，比之葉紹翁的"春色滿園關不住，一枝紅杏出牆來"，就要遜色一些。因為，第一，葉紹翁是在耐心地扣門，卻久扣不開的情況下，突然發現紅杏一枝，充滿了驚異，為春色之美而激動，和前面的寧靜，專注於扣門，構成了一種張力，或者叫做對比。第二，這種美好不僅僅是外部世界景物的美好，而且是內心突然的發現。在陸游的詩中，以楊柳為背景，襯托出一枝紅杏，是很有表現力的，特別是"遮"字，調動想像，好像楊柳是有意志的，但是不管楊柳多麼茂密，也遮擋不住"一枝紅杏"。葉紹翁同樣利用了陸游的"一枝"，一點紅色為由頭，先把"遮"字改為"關"字，這個"關"字很有講究，一是來得自然，上承久扣不開的柴門；再是聯想的過渡自然順暢，下啟超越性的想像。柴扉只能"關"人，而詩中的"關"所暗示的不是人，而是一種看不見摸不着的"春色"。這是想像的飛躍，也是語義的雙關。下面與這相對應的是"出"字，和陸游一樣，但是，由於上面承接"關"字，同樣一個"出"字，就有更強的感覺衝擊力，為靜態的紅杏帶來了動勢。這其實已經不是在描繪或者單純地欣賞風景，而是通過更加主動的想像，抒發詩人心目中對春色之美的感歎。春色不是像在陸游的詩裏那樣遮擋不住的，而是封閉不住，壓抑不住的。葉紹翁用了"滿園"，一方面，緊扣柴扉的環境特點，另一方面，以"一枝"之微，與"滿園"之盛，形成對比。最後，在陸游那裏，楊柳和紅杏所顯示的春色，是詩人的視覺直接接觸到的，而葉紹翁的"春色滿園"卻完全是想像，是詩人帶動讀者在想像。對於讀者來說，光有直接感知的外部世界的美好，還是比較表面的，只有啟動內心世界的想像，才更能受到詩情的感染和享受。

都市裏的春天

玉樓春

宋祁

東城漸覺風光好，縠縐波紋迎客棹。綠楊煙外曉寒輕，紅杏枝頭春意鬧。　　浮生長恨歡娛少，肯愛千金輕一笑。為君持酒勸斜陽，且向花間留晚照。

這是一首詞，表現春天城市的遊樂生活，有明顯的商業市井色彩。這從"縠縐波紋迎客棹"的"客棹"中可以看出，船是租來在水上划着玩的。作者也很注意表現春光的美好，突出氣候的特點：一方面曉寒還在，一方面綠楊已經籠煙。作者精心地把這種乍暖還寒的風物，組織成一幅圖畫，把曉寒放在綠楊之外，加上一點霧氣（煙），讓畫面有層次感。想來，這一句費了作者不少心力，但是並沒有在後世讀者心目中留下多麼驚喜的印象，倒是下面一句"紅杏枝頭春意鬧"，轟動一時，作者也因此被稱為"紅杏尚書"。

其實，這句最精彩的也就是一個"鬧"字。因為是紅杏，所以用"鬧"字，顯得生動而貼切；如果是白杏呢？就"鬧"不起來了。

但李漁不以為然："若紅杏之在枝頭，忽然加一'鬧'字，此語殊難著解。爭鬥之聲謂之鬧。桃李爭春則有之，紅杏鬧春，予實未見之也。'鬧'字可用，則'吵'字、'鬥'字、'打'字皆可用矣。……予謂'鬧'字極粗俗，且聽不入耳。非但不可加於此句，並不當見之詩句。"（李漁《窺詞管見》）②

李漁的抬槓是沒有甚麼道理的。因為在漢語詞語裏，存在着一種潛在的、自動化的聯想機制，熱和鬧、冷和靜，天然地聯繫在一起，說"熱"很容易想到"鬧"，而說"冷"也很容易聯想到"靜"。紅杏枝頭的紅色花朵，作為色彩本來是無聲的，但在漢語裏，"紅"和"火"自然地聯繫在一起，如"紅火"。"火"又和"熱"聯繫在一起，如"火熱"。"熱"又和"鬧"聯繫在一起，如"熱鬧"。所以紅杏春意可以"鬧"。這個"鬧"，既是一種自由的、陌生的（新穎的）突破，又是對漢語潛在規範的發現。正是因為這樣的語言藝術創造，作者獲得了"紅杏尚書"的雅號。

故王國維《人間詞話》說："'紅杏枝頭春意鬧'，著一

'鬧'字，而境界全出。"③

為甚麼不可以説，紅杏枝頭春意"打"，或者春意"鬥"呢？打和鬥雖然也是一種陌生的突破，但卻不在漢語潛在的聯想機制之內，"紅"和"鬥"、和"打"沒有現成聯繫，沒有"熱打"和"熱鬥"的現成説法。

詞語之間的聯想機制是千百年來積累下來的潛意識，是非常穩定的，不是一下子能夠改變的。雖然現代科學有了進展，有了"白熱"的説法，但在漢語裏，仍然沒有"白鬧"的固定聯想。這是因為"白熱"這一詞語形成的時間太短了，還不足以影響民族共同語聯想機制的穩定性。

這首詞的下半闋，流露出商業娛樂場裏的情緒："浮生長恨歡娛少，肯愛千金輕一笑。"把生命當作"浮生"，意思是生命的價值是縹緲的，生命是短暫的，相比起來，歡樂總是不夠，為了博得（女性）一笑，就是一千金，哪裏會吝惜！這是從反面襯托生命短暫。最後兩句："為君持酒勸斜陽，且向花間留晚照。"為甚麼要勸酒斜陽？斜陽就是夕陽，晚照也是夕陽，都有晚年的意思，年華瞬息即逝，還是及時行樂吧。

即使在春天，美好的春天，紅杏鬧春的季節，也會產生這樣的情緒。作者還是個官員，一個大知識分子，和歐陽修一起撰寫過官史的人。一方面，我們可以感受到，這個官員不算是虛偽的，另一方面，他多多少少有一點浪蕩吧。他居然可以這樣浪蕩而自得，而且將之詩化，這也許是要一點勇氣（包括道德的和藝術的）的吧。

鄉野的春天

鷓鴣天　代人賦

辛棄疾

陌上柔桑破嫩芽，東鄰蠶種已生些。平岡細草鳴黃犢，斜日寒林點暮鴉。　　山遠近，路橫斜，青旗沽酒有人家。城中桃李愁風雨，春在溪頭薺菜花。

辛氏這首詞，也是表現春天的美好的，但和宋祁的很不一樣。從一開始就可以看出來，辛氏強調的不是宋祁式的市井的繁華和歡樂的享受，而是農村的樸素和自得。

作者對農村的感情，和傳統的山水田園詩有點相近，但又有很明顯的不同。他不是遊山玩水，也不是欣賞自然風光，他在農村中安身，對農事和農時有更細緻的關注：「陌上柔桑破嫩芽，東鄰蠶種已生些。」從某種意義上來說，農事和農時是實用的，並不一定有士大夫的詩意，但辛氏對農事和農時的種種現象，用一種隱含着欣賞的眼睛去觀察，使這些本來平淡的細節被一種脈脈的喜悅統一起來。陌上桑芽，鄰家蠶種，本來很瑣碎，更像是散文意象，將它們轉化為詩，應該是不容易的。桑芽還比較好說，蠶種，在辛氏以前，可能還不曾進入過詩歌。至於牛犢，在前人的"農家樂"主題裏是有過的，但是讓牠叫起來，叫得有詩意，並且和蠶種之類統一起來，恐怕不但得有一點勇氣，還得有點才氣。關鍵是，詩人先用了一個"破"字，和桑芽的"嫩"聯繫在一起。這在聯想上似乎有矛盾："嫩"怎能"破"？但是，這正是早春的特點所在，也隱約表現了詩人的關注和發現。至於"蠶種生些"，說的不是蠶種，而是從蠶種開始蠕動起來的小蠶蟻，也是初生的、少量的，雖然很不起眼，詩人卻為之注目。這裏有詩人悠閒的心態，有一種默默的體察和喜悅。

下面的"斜日寒林點暮鴉"中，"寒林暮鴉"本來是有很濃的文人山水田園格調的，但這裏沒有落入俗套，就好在這個"點"字，用得很有韻外之致。點者，小也，遠景也，在斜日寒林的空曠背景上，有了一個"點"字，遙遠的視覺不但不粗疏，反而成了精緻的細節。對於大自然的美好的專注，是傳統文人山水詩的趣味；而牛犢的鳴叫和蠶種的生息，則屬於一種農家田園趣味。作者不是作為文人去欣賞農家之樂，而是以欣賞農事的眼光來體味家園之美。

辛氏這首詞有一個突出的特點，就是交織着兩種情趣，一是大自然山水畫之美，一是人間田園之美。這裏的田園和一般山水田園詩中的田園又有一點區別，更多的是家園。它不是暫時的，客居的，而是屬於自己心靈的家園。

這首詞還有一個特點長期被讀者忽略，那就是全詞本來是抒情的，但在語言上卻大體都是敘述，甚至充滿了白描。"山遠近"、"路橫斜"、"青旗"、"沽酒"、"人家"，和杜牧《江南春》中"水村山郭酒旗風"是同樣的意境和手法，但辛氏和杜牧不大相同，他不是以城市人的眼光來欣賞山水田園，而是把田園當作了家園，並且表示，田園和家園比之城市要精彩得多：

　　　城中桃李愁風雨，春在溪頭薺菜花。

城市中的春天當然也是美好的，但那裏的春天和美艷的桃李花聯繫在一起，那裏的春天也像桃李花一樣短暫，經不起風吹雨打。詩人用一個"愁"字點出了他的傾向。時尚是一種潮流，能得到最廣泛的認同，但時尚又是瞬息萬變的，桃李花會因處於時尚之中，而免不了為不可避免的淘汰而憂愁。田園和家園裏的春天，不應該有城市中的桃李那樣美艷，因為它和農村田野的花聯繫在一起。李白在宮廷供職的時候，曾選擇柳和春天相聯繫：

　　　寒雪梅中盡，春從柳上歸。
　　　　　　　　　　　　——李白《宮中行樂詞八首》

這些詩意都是現成的，辛棄疾的選擇就偏要與桃李柳等拉開距離，而且要與之有對比。這就意味着是不現成的。最後他選擇了農村中最不起眼的薺菜花。而且把話說得很徹底："春在溪頭薺菜花。"好像在薺菜以外，就沒有春天的景象似的。正是這種高度集中的想像，才使得薺菜花的詩意中隱含着發現和驚喜。這一方面表現了田園和家園的樸素，另一方面又表現了對它長期被漠視的陳規的顛覆。

歷史證明，這個選擇，是一次成功的探險：

一、它的成功在對比上。首先，在色彩上，和桃李是鮮明的對比；其次，在受欣賞和被漠視方面，二者的對比也是很鮮明的。

二、它的成功還在想像、觀念的更新上。桃李雖然鮮豔而且倍受矚目，但生命卻很脆弱；薺菜花從色彩到形態都不及桃李，但是它有自在的生命，不以世俗的欣賞為意。

三、它的成功更重要的是在想像的開拓上。在辛棄疾寫出這首詞以前，春天的美好從來都是和鮮豔的花聯繫在一起的，這種聯繫已經成為一種潛在的陳規，好像在鮮豔的花朵以外，再也沒有甚麼新的可能似的。辛棄疾以他的創造顯示，春天的美好還可以從最樸素、最不起眼的薺菜花開拓出新的想像天地。桃李花的美，已經被重複而變得有點俗氣了，而薺菜花的美卻經歷了近千年的歷史考驗。

四、這首詩，在用詞方面非常大膽。一般說，詞比詩更接近口語，更有世俗的情趣。這裏的"青旗沽酒有人家"的"有"，"春在溪頭薺菜花"的"在"，都是律詩絕句可能迴避的，但用在這裏既很口語化，又對應了平民家園的心態，同樣也是一種詩意。

看來，辛棄疾對這個薺菜花很有點得意，在同一組詩作中，他又用了一次，但詩化的程度卻明顯遜色。

　　春日平原薺菜花，新耕雨後落群鴉。多情白髮春無奈，晚日青簾酒易賒。

　　閒意態，細生涯，牛欄西畔有桑麻。青裙縞袂誰家女，去趁蠶生看外家。(《鷓鴣天‧遊鵝湖醉書酒家壁》)

看不見的春天

春夜喜雨

杜甫

好雨知時節，當春乃發生。
隨風潛入夜，潤物細無聲。
野徑雲俱黑，江船火獨明。
曉看紅濕處，花重錦官城。

開頭兩句可以說是起得平平，沒有甚麼驚人之處。只有第一句中的"知"字，把雨當作有生命、有意志的對象來表現，用得輕鬆，不着痕跡，輕輕帶過。但詩人卻不在這一點上下工夫展開想像。如果真的要往下發展，把雨寫得有生命，有意志，就不是這首詩沉潛、凝重的風格了，而是強烈的情感流瀉的風格了，與全詩表現一種默默的、無聲的、自我體驗的溫情不相統一了。

題目叫做"春夜喜雨"。春雨，是表現的對象；夜，提供了感覺的特殊條件。喜，才是全部感情的主線。但是，全詩中沒有"喜"字，着力表現的是無聲的喜的感覺。因為是無聲的，便更加是內心深處的。

喜，因春雨而起，但這雨在夜裏。夜裏的雨和白天的雨不一樣，它是看不見的。所以第二聯就寫這個看不見："隨風潛入夜，潤物細無聲。"雨隨着風，一般應該是有聲勢的，但這裏卻是"潛入"的小雨，偷偷的，無形、無聲、無息的。接着是"潤物細無聲"，不但看不見，而且聽不到。感官無法直接感知，可詩人還是感覺到了，憑着敏銳的想像吧。這裏的關鍵字是"細"和"潤"，讓讀者感受到了這春雨的特點：細、小、微，細微到視覺和聽覺都不能直接感知，但詩人還是感覺到了。這表現的是甚麼感覺？過細的感覺，"潤"的感覺，不用看，也不用聽，外在感官不可感，卻流露了內心感受的喜悅。所"潤"之物，當然是植物——農作物。

說的是物之被潤，表現的卻是心的滋潤。無聲的微妙勝過有聲。只有心靈過細的人，才能感覺到這本來不可感覺的感覺；只有具有精緻的內在感受力的詩人，才能為生命看不出來的潛在生長而體驗到默默的欣慰；只有關切國計民生的人，才能為一場無聲的細雨感到由衷的欣慰。

讀這樣的詩，第一，要抓住詩人表現的雨的特點，是夜裏的雨，看不見、聽不見的。第二，要抓住夜雨的感覺特點，把不能感覺的感覺，感覺到內心深處去。雖然無聲無息，但卻感到了"潤物"，在那個以農為本的時代，在那個戰亂的日子裏，這便自然有一種欣慰之感。

詩憑甚麼感人？一般說是以情感人，陸機《文賦》中說"詩緣情"。這大致不錯，但還不完全，還要加以補充。如果把情感直接說出來是不能感人的，詩要通過特殊的感覺來傳達感情。在這裏，如果杜甫直接說他為春夜的雨而感到喜悅，那這不是詩。杜甫在整首詩裏，一個"喜"字也沒有，但卻提供了一系列很微妙的喜悅的感覺，讓讀者體驗這種別人感覺不到的精緻的感覺，這就叫感染。

"潤物"這句詩看來沒有多少驚人的詞語，但在千年傳誦的過程中，衍生出了象徵意義（如形容某種思想和人格對他人的薰陶），詩句內涵的召喚性，其潛在量之大，正是詩句成功的標誌之一。

下面兩聯，轉換到外部感官上來。第三聯："野徑雲俱黑，江船火獨明。"因為雨有利於國計民生，所以它是美的。

這種美用光和色的反襯來體現：雲，一片漆黑，提示了地域特色——平原和江河，只有在平原上，視野開闊，雲才會在田野的小路上；大幅度的黑色背景是雨之濃也，用船上唯一的燈火來反襯，很明顯是為了突出雨夜之黑，和那一點溫暖的光，在互相反襯中顯得生動。

這種手法是中國古典詩歌常用的，例如柳宗元的《江雪》：

> 千山鳥飛絕，萬徑人蹤滅。
> 孤舟蓑笠翁，獨釣寒江雪。

前面用“絕”和“滅”來強調千山萬徑一片空白，後面用“孤”舟和“獨”釣來突出唯一的人物，打破了空白。又如王安石在《詠石榴花》中寫道：

> 濃綠萬枝紅一點，動人春色不須多。

還有，前面我們已經分析過的：

> 春色滿園關不住，一枝紅杏出牆來。

光有這樣一種大筆濃墨的圖畫，在杜甫看來，可能還不足以充分顯示春雨的可愛、可喜。於是他用最後一聯再來一個對比："曉看紅濕處，花重錦官城。"詩人用第二天早晨的明亮，反襯昨夜春雨的效果：第一，這下子不是看不見了，而是看得很清楚，很鮮明，紅紅的。但這還不夠，還要加重感覺的分量——"濕"。這就點出了和一般日子裏紅花的不同，紅得水靈靈的，這是繪畫上強調的"質感"。第二，更為精彩的是，杜甫強調了雨後紅花的另一個特點，就是"重"的感覺。這是繪畫藝術上強調的"量感"。花的茂盛，花的潮濕，變成了花的重量感。用重的分量，來表現花的茂盛，這是杜甫的拿手好戲，他在《江畔獨步尋花七絕句(其六)》中寫過：

黃四娘家花滿蹊，千朵萬朵壓枝低。

不過這一次用的字眼是"壓"而不是"重"。反過來，還有另外一種量感，比如秦觀的《浣溪沙》中說：

自在飛花輕似夢

突出花的量感，說它"飛"還不夠，還要把它和縹緲的夢聯繫起來，讓讀者去體悟其中意味。

前面已經說過這首詩的題目中有個"喜"字，但通篇不見"喜"字，可是讀者仍然能感覺到喜悅之情，這是因為，所有的喜悅都滲透在關鍵性的感覺之中，在用得特別精彩的語言中，讀者從無聲的"潛入"、悄然的"潤物"，從"雲俱黑"、"火獨明"，從紅濕而下垂的花朵中，感到了杜甫的欣喜。他的喜悦有兩種：一是默默的、內在的、不形於色的；一是外在的、視覺的。如果沒有這些細微的感覺，這些恰到好處的語言，杜甫的喜悦就是直説出來，讀者也是沒有感覺的。

春風揚柳

詠柳

賀知章

碧玉妝成一樹高，萬條垂下綠絲縧。
不知細葉誰裁出，二月春風似剪刀。

在這首詩裏，最精彩的是後兩句，"不知細葉誰裁出，二月春風似剪刀"。用還原的方法，首先就要問，"二月春風"原來是不是"剪刀"？當然不是。不是剪刀，卻要説它是剪刀，就有兩種可能。第一，是歪曲了，但是，詩歌給人的感覺不是歪曲，而是充滿了感染力，而且經受住了一千多年的歷史考驗。第二，可以肯定它是很藝術的。第三，矛盾在於，本來"春風"是柔和的，溫暖的，一般説，不大好用剪刀來形容的。有人說，二月春風，雖然說的是陰曆，等於陽曆的三月，畢竟還是初春，還有一點冷，所以用刀來形容並不是絕對不合適的。這有一點道理。但是，同樣是刀，為甚麼只有剪刀比較貼切？這是因為，漢語的潛在特點在起作用。前面一句"不知細葉誰裁出"中有個"裁"字，後面的"剪"字才不突兀。如果用英語，就沒有這種聯想的自由和順暢。這是詩人的錦心繡口，對漢語潛在功能的成功探索。

而這種成功的探索，表現的並不僅僅是大自然的特徵，更重要的是詩人對大自然的美的驚歎。美在哪裏呢？

前面一句說"萬條垂下綠絲縧"，意思是柳絲茂密。按還原法，一般的樹，枝繁則葉茂，而柳樹的特點不同，枝繁而葉不茂。柳絲茂密，而柳葉很纖細，很精緻。詩人發現了這一點，就覺得這很是了不起，太美了。

再用還原法：本來柳絲柳葉之美是大自然季節變化的自然結果，但詩人覺得，用無心的自然而然來解釋是不夠的，應該是有意剪裁、精心加工的結果。詩人想像這種美的欣賞和感歎，本身就有獨立的價值，不用去依附道德教化和認識價值，這叫審美價值。

春天的柳葉柳絲之美，在詩人看來，比自然美更美。

有了還原法，詩中一系列矛盾就都顯示出來了。

第一、二句的矛盾：柳樹本不是碧玉，但就要說它是玉，柳葉不是絲的，卻偏偏要說它是。這裏當然有柳樹的特徵，但更主要的是詩人的情感特徵——用珍貴的物品來寄託珍貴的感情。從語言的運用上來說，這樣的說法，並不見得特別精彩。這種手法在唐詩中是很普遍的。最為精彩的，是後面兩句，把春風和剪刀聯繫起來以後，前面的句子也顯得有生氣了。

剪裁在古代屬於女紅，和婦女聯繫在一起。有了這個聯想，前面的碧玉"妝"成，就有了着落了。女紅和"妝"是自然聯想。這首詩在詞語的運用上就更加顯得和諧統一了。但光是這樣分析似乎尚未窮盡這首詩全部的藝術奧秘。因為裁剪之妙，不光妙在用詞，而且妙在句法上。

"不知細葉誰裁出，二月春風似剪刀。"詩人明明要說是二月春風剪出來的，卻為甚麼先說"不知"？這首詩之所以精緻，就是因為詩人追求句法在統一中的錯綜。精彩的唐詩絕句，往往在第一、二句是陳述的肯定語氣，第三、四句，如果再用陳述語氣，就會顯得呆板，情緒節奏也嫌單調，不夠豐富。絕句中的上品，往往在第三句變換為祈使、否定、疑問，或者感歎。如王維的《送元二使安西》：

渭城朝雨浥輕塵，客舍青青柳色新。
勸君更盡一杯酒，西出陽關無故人！

這裏的第三句和第四句是祈使句和感歎句。

如王翰的《涼州詞》：

> 葡萄美酒夜光杯，欲飲琵琶馬上催。
> 醉臥沙場君莫笑，古來征戰幾人回？

這裏的第三句是否定語氣，第四句是反問的感歎語氣。
如王之渙的《涼州詞》：

> 黃河遠上白雲間，一片孤城萬仞山。
> 羌笛何須怨楊柳，春風不度玉門關。

這裏的第三句是疑問語氣，第四句是否定語氣。
如王安石的《泊船瓜州》：

> 京口瓜州一水間，鍾山只隔數重山。
> 春風又綠江南岸，明月何時照我還？

這裏的第四句是疑問語氣。
再如趙師秀的《約客》：

> 黃梅時節家家雨，青草池塘處處蛙。
> 有約不來過夜半，閒敲棋子落燈花。

第三句是否定語氣。

以上所有的句法結構都是在統一中求變化，在第三、四句讓句法和語氣變化。所以元代詩論家楊載在《詩法家數》中特別強調絕句主要在第三句"轉"的功力。因為像絕句這樣每句音節都相同的單純節奏，只有在第三句或者第四句的語氣上轉折一下，才不至於顯得單調，這種在語氣的統一和變化中達到的和諧才不呆板。④

從文化批評的角度來説，這首詩雖然在外部節奏和內在情緒上統一而又和諧，但其根本內容卻表現了對婦女的一種固定觀念，亦即，她們的美，是與化妝和女性的手工聯繫在一起的，不論是"妝"還是"剪刀"，不論是"碧玉"（小家碧玉）還是"絲條"，都是某種男性趣味的表現，是供男性欣賞的，這明顯是男性話語權的一種表現。

如果這樣分析，這首詩的美，就有被解構的可能。

由此可以看出，包含在這樣一首小詩中的矛盾是多元的，光從一個方面揭示出一重矛盾，已經難能可貴，要從多方面加以揭示，難度是很大的。傳統的機械反映論僅滿足於對象與形象之間的統一性，是不可能深入到作品內在的奧秘中去的，從而也就不可能使分析更為有效。

早春的物候

早春呈水部張十八員外二首 (其一)

韓愈

天街小雨潤如酥，草色遙看近卻無。

最是一年春好處，絕勝煙柳滿皇都。

早春的主題，在唐詩中是很普遍的，一般都是以早春的物候為主。杜審言有《和晉陵陸丞早春遊望》：

獨有宦遊人，偏驚物候新。

雲霞出海曙，梅柳渡江春。

李白有《早春寄王漢陽》：

聞道春還未相識，走傍寒梅訪消息。

昨夜東風入武陽，陌頭楊柳黃金色。

傳統的形象大都是梅柳的美好色彩和姿態。春草，在形態和色彩上並沒有甚麼優勢，常常是芳草萋萋，有引發人生感歎之意，如唐彥謙的《春草》：

天北天南繞路邊，托根無處不延綿。

萋萋總是無情物，吹綠東風又一年。

就連白居易《賦得古草原送別》中的名句，也都是在尋求春草的象徵意味：

野火燒不盡，春風吹又生。

很少有人從正面去發現它本身的美。

韓愈這首詩的價值，就在於兩個發現：第一，早春草色特徵的發現；第二，詩人自我感覺、體認的發現。二者均以特別精細見長。

他不像有的詩人那樣把主要語言用於描述春天的眾多景象，甚至也不把早已獲得認可的、現成的如煙柳色當一回事。他欣賞的是早春的草。

天街小雨潤如酥

這第一句只有一個"酥"字用得好，令人想到春雨如油，比直接把"油"字說出來聯想到的意味要新穎而且豐富得多。挑剔的讀者，可能還有保留：對皇城街道如此不加掩飾地讚美，官方立場是不是太露骨了？不管在這一點上有多少不同意見，說這一句不見得有多精彩可能是沒有多少爭議的。但是，下面這一句就迥然不同了：

　　　　草色遙看近卻無

　　本來草就沒有梅、柳那樣鮮明的色彩，何況又是早春的草，還沒有綠透。在古典詩歌中，詩人們似乎有一種共識，一種默契，草之美有兩種類型，第一是枯草，枯草自有枯草的美，"草枯鷹眼疾"，有一種強悍的精神意味在內，第二是綠草，很綠，綠得過癮，如嚴武詩：

　　　　寂寂蒼苔滿，沉沉綠草滋。

又如白居易《長安早春旅懷》：

　　　　風吹新綠草芽坼，雨灑輕黃柳條濕。

　　綠草美就美在它的綠色上，如果不綠，就索性徹底地枯黃，除此以外，好像沒有甚麼可以欣賞、可以做文章的了。但是，韓愈卻發現了草的第三種美，那就是在要綠不綠之間，遠看是綠的，近看還是枯黃的。這樣的草，更有一種心靈關注的價值。在這種關注中，有一種特別寶貴的心理變化：先是為發現了草色而動心；因為動心，就走近了；走近了，卻發現綠草的顏色不見了。這本該是一種失望，但是不，相反的感覺產生了：那是一種欣喜，春天來了，草色綠了，粗粗看，來了，細細觀察，卻沒有了。這是何等精緻的心理感覺啊！這和通常的觀察是何等不同啊！通常人們總是先粗心忽略，後來細細地觀察才有所領略。而春草卻恰恰相反：粗心的發現，細心的消失。接着而來的，卻不是失落，而是對自己感覺的更深邃的體驗，對春草更特別的領悟。

這不僅是對春草的體悟，而且是對自我的體悟。

這句詩的動人和不朽，還因為它想像空間的開闊，能夠引發讀者，包括千年以後的讀者的記憶，激發他們的想像，推動他們以各自的經驗和情操參與春草形象的多元創造。

本來，這一句就夠動人的了，但韓愈覺得還要把它強調一下，像許多古典詩人習慣的那樣，詩人繼續往極端裏強調：春天最美好的就是這種草色，絕對勝過了皇都充滿詩意的煙柳。這樣的強調是否多餘呢？在詩歌裏，是不是套話呢？這一點，可以在與下面的白居易詩的比較中看得更清楚一些。

> 孤山寺北賈亭西，水面初平雲腳低。
>
> 幾處早鶯爭暖樹，誰家新燕啄春泥？
>
> 亂花漸欲迷人眼，淺草才能沒馬蹄。
>
> 最愛湖東行不足，綠楊陰裏白沙堤。
>
> ——白居易《錢塘湖春行》

白居易開頭第一句起得很從容，並不想一鳴驚人。他用了平和的敘述語氣，交代了景點的準確位置，在孤山之北，在賈亭之西。第二句，強調的是江南平原的特點：“水面初平”。這句是說，春水充盈，關鍵在“平”字，這是江浙平原特有的。如果是在山區，水越是充足，就越是洶湧澎湃，滔滔滾滾了。這裏不但突出了地勢的平坦，而且突出了水面的平靜。“雲腳低”的“低”，說明視野開闊。極目遠眺，天上的雲彩才能和地上的水面在地平線和水準線上連接在一起。

　　下面寫的都是唐代詩歌裏充分認同了的景觀，不過，寫鶯啼沒有杜牧那樣大膽誇張，他不說“千里鶯啼”，而只說“幾處早鶯”，這是比較婉約的境界，也給人“到處”的感受。“爭暖樹”，“爭”字，更含蓄地表現了鳥語的喧鬧，“暖”，看來也很有匠心，留下的想像餘地比較大，是樹和天氣一起暖了起來，是黃鶯在樹上感覺到了暖氣，還是黃鶯的爭鳴造成了樹林間“暖”的氛圍呢？“誰家新燕啄春泥”，對仗很工細，“幾處”和“誰家”，把句子語氣變成了感歎和疑問，避開了一味用肯定和陳述句可能產生的單調。技巧是很嫻熟的，都是按規範寫作的，但是沒有多少獨特的發明，就是到了頸聯的第一句，“亂花漸欲迷人眼”，也還是平平，情緒上、感覺上都太常規了。接着一句神來之筆，把詩的境界提高了一個層次：

淺草才能沒馬蹄

這也是通過青草來寫早春的，但是和韓愈不同，他有自己的發現。草是淺的，沒有長多高，春天還早呢。這當然是有特點的，但光是這樣的特點，還僅僅是物候的特點，沒有人的感受。而"沒馬蹄"，就把人的感受和發現帶出來了。寫馬，不寫全部，只寫馬蹄。這在唐詩中已經是通用的技巧了，比如孟郊《登科後》：

春風得意馬蹄疾，一日看盡長安花。

再比如王維《觀獵》：

草枯鷹眼疾，雪盡馬蹄輕。

有了馬蹄就有了馬，這不言而喻，更為精彩的是，不但有了馬，讀者心目中，還隱約出現了那個在馬背上的人，他的心情是得意、豪邁的。而"淺草才能沒馬蹄"，則讓人感到，詩人體驗到的早春的特點，不是別人早已習慣了的，這不是任意一看，也不是認真的觀察，而是一種偶然的發現：馬蹄沒有被完全淹沒呢。這個現象，也許常人也能發現，但是沒有人感到這裏有詩意，就輕輕地忽略過去了。白居易的功勞，就在於發現了這種被輕輕忽略過去的現象，傳達出一種內心的微微的激動。這首詩的價值在很大程度上，就是由這個句子決定的。但是白居易好像沒有十分在意這一點。他在尾聯，沒有像韓愈那樣，抓住自己的發現再強化一下，而是寫到了別的地方去：

最愛湖東行不足，綠楊陰裏白沙堤。

"淺草才能沒馬蹄"，本來最有個性、最有心靈含量和藝術創新的力量，可是白居易覺得還有比之更美好的，就是到白沙堤上步行。在這樣的步行中，可以看到水面和雲腳，聽到黃鶯的鳴叫，可以讓花來迷自己的眼睛。這樣當然有詩意，但這種詩意幾乎是所有詩人都感受過了的，白居易在這裏，不過把詩人們早已認同了的形象和境界組裝了一番。"最愛"步行，也許是在強調自己不把騎馬當一回事，也許步行更具平民色彩吧？但是，這種平民色彩卻有一個最大的缺陷，就是沒有心靈發現的奧妙和激動。

春天也會離去

祝英台近　晚春

辛棄疾

寶釵分，桃葉渡，煙柳暗南浦。怕上層樓，十日九風雨。斷腸片片飛紅，都無人管，更誰勸啼鶯聲住？

鬢邊覷。試把花卜歸期，才簪又重數。羅帳燈昏，哽咽夢中語："是他春帶愁來，春歸何處？卻不解帶將愁去。"

在宋朝詞人中，辛棄疾應該列入豪放派，但是，人的內心和語言風格是豐富的，他也有紅巾翠袖的一面。他常常把金戈鐵馬和紅巾翠袖交織起來，這給他的詩詞帶來獨異的風貌。

這一首，如果光從字面上看，從頭到尾都是閨情，甚至有豔情之嫌。一上來就是寶釵分為兩股，暗示夫婦或者情人的離別。這種離別之情，被當作一種美好的感情來強調，帶着詩意。首先是現場有傳統的、古典性詩意，用了一些表現離愁別緒的意象（桃葉渡，南浦），其次是眼前的景色有詩意，煙柳、高樓、飛紅。高樓便於遠望，飛紅觸發情思。值得研究的是，面對如此美好的春天，辛棄疾卻不像杜甫、韓愈、杜牧、葉紹翁那樣表現出喜悅，也不像他自己在《鷓鴣天》中那樣，為在平凡的薺菜花上發現春天的美好而怡然自得，他感到的是害怕——眺望新春美景卻觸發了恐懼，這是值得注意的。

怕上層樓，十日九風雨。斷腸片片飛紅，都無人管，更誰勸啼鶯聲住？

如果換一個人，讓他站在高樓上，極目遠眺，平湖煙雨，落花飛舞，會有甚麼樣的感覺？也許是心曠神怡，覺得這種春色是很精彩的。但作者在這裏營造的是一種悲鬱的情境，為花朵在風煙中消逝而憂愁，這是中國古典詩歌中一個普遍的主題——惜春，或者叫"傷春"。要知道，惜春、傷春，並不是為了春天，為了季節的變化。春天去了，沒有甚麼可惜的，因為明年還會再來。惜春是惜春光，傷春是傷春華，為自己的年華如春光一去不復返而傷感。但是，詩人如果直白地把自己的情感說出來，就沒有詩意了。詩人明明憐惜自己年華消逝，字面上卻只說是對春色的消逝無可奈何：花飛落了，"無人管"；"啼鶯"聲停住了，誰能留住它呢？這好像有點傻氣，孩子氣。誰都知道，時間不可能因為情感而改變流逝的進程。但這是一種詩的邏輯——抒情邏輯，為擋不住時光而憂鬱，這說明詩人為自己虛度年華而痛苦。為了形容這種痛苦，作者用了一個既俗套又新異的詞語："斷腸"。說它俗套，是因為這個詞語本來常用於女性的相思；說它新異是因為從上下文來看，到這裏，還搞不清它是男性的還是女性的。作者肯定是叱咤風雲的將軍，但是，詩中的情感和動作，卻是女性化的：

> 鬢邊覷，試把花卜歸期，才簪又重數。

"覷"是細看，斜視。斜看鬢邊的花兒，拿下來數花片以卜歸期（大概是數花瓣吧，這和現代歐洲人有點相似），這與其説是迷信，不如説是天真。才卜完了，插上頭去，又忘了，取下來重數一遍。是男性替女性拿下來，還是女性自己拿下來？作者似乎有意含糊其詞。但是，以花卜歸期，似乎是女性的行為，特別是"才簪又重數"，看來是女性。這麽説，這應該是一首愛情詞。非常纏綿。"纏綿"表現在哪裏？第一，表現在反復，顛顛倒倒，剛剛卜過了，又重新來，這説明多情，總是不放心，把情感看得很寶貴，不能容忍任何不確定性。第二，表現在沉湎，白天不能擺脱憂愁，夜間做夢還在唸叨：

> 羅帳燈昏，哽咽夢中語：

唸叨甚麼呢？

> "是他春帶愁來，春歸何處？卻不解帶將愁去。"

最後幾句是這首詞最精彩的。為甚麼呢？因為，你的憂愁，可以説，與春天沒有關係，本來不是春天造成的，而是自己太纏綿，太沉湎，不瀟灑。春天來了，你要憂愁，春天去了，你也要憂愁。你擺脱不了憂愁，要怪誰呢？當然應該怪自己，但是，主人公卻不怪自己，反而怪春天——為甚麼你（春天）把憂愁帶給了我？你離開了，卻為甚麼不把憂愁帶走呢？都怪你不好。這不是不講理嗎？但正是因為不講理，才顯出感情的執着；在邏輯上這麼偏執，才有詩意。如果不是這樣，而是說，傷春、惜春，其實都怪自己多愁善感，就太理性了，太沒有感情了。讀到這個份上，應該可以確定，這是一首愛情詞，詞中的抒情主人公是女性。

但作者明明是個男性，他的胸襟，他的性格，似乎和詩中的女性身份、女性的纏綿悱惻有些不合。這一點，早有人意識到了，黃蓼園在《蓼園詞選》中說：「此閨怨詞也。」但是，他又感覺到以辛棄疾這樣的人才，如果把他當成一個兒女情長的才子，免不了「為之惜」。故他推測，此詞「必有所託，而借閨怨以抒其志乎！」這就是說，表面是愛情，實際上是政治抱負，以愛情的纏綿悱惻來暗示對君王的期待。黃蓼園還找出了具體史實：「史稱葉衡入相，薦棄疾有大略，召見提刑江西，平劇盜，兼湖南安撫，盜起湖、湘，棄疾悉平之。後奏請於湖南設飛虎軍，詔委以規劃。時樞府有不樂者，數阻撓之，議者以聚斂聞，降御前金字牌停住。棄疾開陳本末，繪圖繳進，上乃釋然。詞或作於此時乎？」[5]

這樣的推測是有道理的。第一，以男女之情影射君臣之間的關係，「眾女嫉余之蛾眉兮」，在屈原的《離騷》中就有了。這樣的寫法，後來逐漸成了一個傳統的母題。第二，在辛氏的詞作中，以男女之情暗示君臣際遇的詞作並非偶然。如《摸魚兒》，也是表現惜春的，作者自註：「淳熙己亥，自湖北漕移湖南，同官王正之置酒小山亭，為賦。"

> 更能消幾番風雨？匆匆春又歸去。惜春長
> 怕花開早，何況落紅無數！春且住。見説道，
> 天涯芳草無歸路。怨春不語。算只有殷勤，畫
> 簷蛛網，盡日惹飛絮。

> 長門事，準擬佳期又誤。蛾眉曾有人妒。
> 千金縱買相如賦，脈脈此情誰訴？君莫舞。君
> 不見，玉環飛燕皆塵土！閒愁最苦。休去倚危
> 欄，斜陽正在，煙柳斷腸處。

有人認為，這裏的"畫簷蛛網，盡日惹飛絮"喻小人誤國。"長門"寫的是漢武帝的陳皇后失寵住在長門宮，曾送黃金百斤給司馬相如，請他代寫一篇賦送給漢武帝，陳皇后因而重新得寵。後世把"長門"作為失寵後妃居處的專用典故。這裏顯然有自況的意味。詩人得不到皇帝的信任，不能施展才華，恢復中原的壯志不得實現，因此自比失寵的嬪妃。這在今天的青年讀者看來，有點不倫不類，但在當時，卻有怨而不怒的分寸感。唐圭璋的《唐宋詞簡釋》中説："王壬秋謂：畫簷蛛網，指張俊、秦檜一流人。""長門"兩句，"言再幸無望，而所以無望者，則因有人妒也"。⑥ 問題不在於妒，而在於蹉跎歲月，壯志難酬，故有春天去了，憂愁不去之怨也。

_____

註:

① 何文煥《歷代詩話考索》,《歷代詩話(下)》,中華書局,1981年,
第832頁。

②③ 王兆鵬編《唐宋辭彙評》第一冊,浙江教育出版社,2004年,第
180頁。

④ 元人楊載在《詩法家數·絕句》中談到詩的起承轉的"轉"時說:
"絕句之法,要……句絕而意不絕,多以第三句為主,而第四句發之,
……承接之間,開與合相關,反與正相依,順與逆相應……。大抵起
承二句固難,然不過平直敍起為佳,從容承之為是。至如宛轉變化工
夫,全在第三句,若於此轉變得好,則第四句如順流之舟矣。"

⑤ 轉引自吳熊和《唐宋辭彙評·兩宋卷》(3),浙江教育出版社,
2004年,第2393頁。

⑥ 唐圭璋《唐宋詞簡釋》,上海古籍出版社,1981年,第175頁。

春天：兩種不同的散文美

——解讀朱自清的《春》和林斤瀾的《春風》

朱自清《春》解讀

　　有一種意見說，文章要反映事物的本質，寫春天就要貼近春天的本質，如果真是這樣，春天的本質大致是客觀的，不同的作家貼近的春天就是一樣的。這還有甚麼個性，還有甚麼藝術的創造呢？這個問題，用理論的語言來回答並不難，因為文章不但是客觀事物的反映，而且是心靈感應的發現，而心靈是多種多樣的，文章也就貴在多種多樣。但是，理論有兩個缺點，第一，它是抽象的，看不見，摸不着；第二，它是不完全的，即使正確的理論，也很難把藝術作品的生動感性充分表現出來。更好的辦法是解讀作品，但是通常的解讀有一個缺點，就是孤立地、單獨地分析一篇作品，作品深刻的內涵仍然很難充分顯示出來。為了解決這個矛盾，我以為，作品解讀，應該是成系列的，將同類題材風格不同的作品放在一處解讀為上。

　　這種方法叫做：同類比較。

江南的春天

朱自清的《春》，文學性很強。從表面上看，這篇文章先寫春天的一般景色，接着分別從幾個方面去描寫：第一，是春天的草；第二，是春天的樹；第三，是春天的風；第四，是春天的雨；最後，再綜合起來讚美春天的美好。

一般說，這種分門別類的寫法，平鋪直敍，羅列現象，有寫成流水賬的危險，不容易討好。但是，朱自清這篇文章卻並沒有平鋪直敍的感覺。

原因是甚麼呢？

原來，表面上他是在分門別類地寫春天的景象，實際上這裏面滲透着一種屬於他的對春天的美好感情。而這種感情，不是直接講出來的，而是包含在他對春天景色（草、樹、風、雨）的感受中的。

以春寓情

他寫的是一般人的感受嗎？

好像不是，一般人，對春天沒有這麼豐富的感受。

他寫的是他自己的感情。不錯，肯定是他自己的感情。但並不是日常的感情，而是經過提升的感情。平常的感情沒有這麼精緻，也沒有這麼美好。這種感情和平常的感情最大的區別就是刻意詩化了。

其主要表現就是對春天帶來的一切變化，即使是看來習以為常的、不起眼的，他都寄託着一種美好的情感。草綠了，花開了，風吹着，雨下着，平時由於習慣，視而不覺，感而不知，知而不新。但是，朱先生卻把這些表現得新鮮、可愛、美好，叫人歡欣，令人驚喜。

就說草綠了吧。通常，誰沒有見過呢？也許還感到過喜悅。有了這樣一閃而過的、而且是真真實實的感覺，能不能寫成文章呢？不能。因為這種感覺不夠美好，不夠精彩，也不夠有特點。而朱先生在我們感覺不到精彩的地方，卻體驗到了一種精彩。文章第一句就和我們不太一樣：

> 盼望着，盼望着，東風來了，春天的腳步近了。
>
> ……
>
> 小草偷偷地從土裏鑽出來，嫩嫩的，綠綠的。

這裏的精彩在於，字裏行間流露出對春天急迫期待的感情。為甚麼期待？因為在他看來，春天的一切都分外的美。他這種美的感覺，又不是直接說出來的，而是通過他的微妙的感覺傳達出來的。在我們眼裏，草很快長起來了，但是在他筆下，草是"偷偷地"從土裏"鑽"

出來的。這個"偷偷地"是一個關鍵字，這裏表現的不僅僅是草一下子冒出來，而且是一種突然的發現：沒有注意，一下子就長出來了。

這三個字裏透露出一種無言的喜悅，喜悅春天來了，同時喜悅自己的喜悅。

童心童真童趣

朱自清的這種感情，當然是他自己的，但是，值得注意的是，並不一定是他寫文章當時的。文章寫在 1933 年，他已經三十左右了，但是，有些話似乎並不像而立之年的人說的。文章寫到望着滿眼的綠草，其喜悅的心態是這樣的：

> 坐着，躺着，打兩個滾，踢幾腳球，賽幾趟跑，
> 捉幾回迷藏。風輕悄悄的，草軟綿綿的。

有許多活動不像是步入中年的人的，有點像是兒童的，如打兩個滾兒，捉幾回迷藏，都是孩子們的事。這裏的喜悅，是調皮的，活潑的，天真的，淘氣的，頑皮的。

不是說為文成功之道在於貼近自我嗎？朱先生這樣不是遠離自我了嗎？但是，讀着這樣的文字時，我們並不覺得虛偽，恰恰相反，這些地方比較精彩。這裏有兒童的趣味。這裏的趣味，雖然不是朱先生當時的趣味，但卻是朱先生想像中孩子的激動，孩子氣的歡欣。這裏，也許有朱先生兒童時代的記憶，

甚至包括他閱讀兒童文學作品時激起的童心的嚮往。

貼近自我，不一定是貼近現時的自我，也可以是貼近兒童時代的自我；不一定是已形成的自我，也可以是想像中，應該是這樣的自我。

自我是豐富、複雜、立體、深邃的，一篇文章，並不能貼近其全部。所謂文如其人的説法，可能是把問題簡單化了。一篇文章只能表現自我的一個方面，一個局部，或者是當時的，或者是記憶的，或者是現實的追求，或者是理想的懷念等等的探索，一種嘗試性的表達。

在《春》裏面，朱自清表現的自我，和在《背影》裏的顯然不盡相同。在《背影》裏那個先自以為是後來又真誠懺悔的兒子是年輕的，但在這裏變得幼小了，天真了。這顯然是朱自清的虛擬，他用自己想像中純潔的兒童的眼睛、天真的感覺來感覺春天。

對童心、童真、童趣的懷念和想像，也是朱先生自我的一部分。

這個部分，不在朱先生日常的自我表面，而在他的心靈深處。只有在必要的時候，才被調動出來。文章對春天的樹的描寫，有許多動人的話語，都表現着這種特別的感覺：桃樹、杏樹、梨樹“你不讓我，我不讓你”，開花像“趕趟兒”似的，花下蜜蜂嗡嗡地“鬧”着。這些話語，都有一種孩子氣的感覺滲透其間。為甚麼呢？

這其中有一種熱鬧的感覺，開心的感覺，這種感覺，成人也有，但是，成人沒有這麼單純。成人關於春天的經驗也有很多，但不像孩子那麼"少見多喜"，不太可能為這麼簡單的事情而激動，而朱自清在表達這種單純的歡欣時，連句子結構都是簡單平行的，不太講究句法和語氣的錯綜。在許多地方流露出孩子氣的語調：

> 野花遍地是：雜樣兒，有名字的，沒名字的，散
> 在草叢裏像眼睛，像星星，還眨呀眨的。

在形容野花的時候，他不追求豐富的形容詞，而是盡可能簡單，"有名字的，沒名字的"，是辭彙不夠嗎？不是，朱自清在必要的時候，很會用排比來形容（如《荷塘月色》），這裏只是為了表現兒童的知識和經驗有限。"像眼睛，像星星"，不是太俗套了嗎？顯然他是不想超越兒童感覺的限度，特別是"還眨呀眨的"，完全是兒童口氣的模仿。

文學手法的運用

下面寫到春天的風，春天的雨，仍然以美化、詩化為目標。

寫到春天的風，突然來了一句古典詩歌"吹面不寒楊柳風"，又把春風比喻為母親的手，這些也還和孩子的感覺和經驗有密切的聯繫。但是到了下面：

風裏帶來些新翻的泥土的氣息，混着青草味兒，還有各種花的香，都在微微潤濕的空氣裏醞釀。

花香"在微微潤濕的空氣裏醞釀"，這明顯超出了兒童的感覺和口氣，露出朱先生作為文學家的感覺和趣味來了。類似的還有："鳥兒將巢安在繁花嫩葉當中"，"呼朋引伴地賣弄清脆的喉嚨"。朱先生很有分寸感，把帶有成人文化趣味的話語和兒童話語不着痕跡地結合起來了。文章裏還有好些句子，兩種趣味水乳交融，分不清是成人的，還是兒童的，"牛背上牧童的短笛，這時候也成天在嘹亮地響"。這是很詩意的，可能出自"牧童遙指杏花村"，也可能出自"短笛無腔信口吹"，這都是古典詩意，但相當淺白，和兒童的感覺是有可能交融的。

事實上朱先生在這裏用了一些技巧，用得讀者根本感覺不到，這可能是最好的技巧。

例如，朱先生在這一段先用了一些表示觸覺的字眼，春風"像母親的手撫摸着"；後來又轉化為味覺，"新翻的泥土，混着青草味兒"，"花香"在空氣裏"醞釀"；再接着轉向了聽覺，鳥兒的歌唱，流水"應和"，牧笛"嘹亮"。這一切綜合起來，構成了多種感覺的交響。

不過，這種技巧，朱先生似乎並不留戀，只是點到為止，他最拿手的還是視覺意象，到了下面一段，他就又回到視覺世界中來了。寫到雨時，兒童的視覺趣味仍然很活躍："像牛毛，像花針，像細絲"，在兒童式的短句中，成人話語、古典詩情畫意悄悄地滲透進來："（雨）密密地斜織着，人家屋頂上全籠着一層薄煙"，這明顯是古典的詩情畫意，但是，從文字到意境，並不太古奧，完全在兒童的認知"格局"（scheme）可以"同化"（assimilation）的邊緣上，因而，他創造了一種老少咸宜的境界：

> 樹葉兒卻綠得發亮，小草兒也青得逼你的眼。

這個"逼"字肯定是苦心經營的結果，不是孩子能自然流露出來的，但是，這個字又很口語，用在這裏，一點沒有刻畫的痕跡。

接下去寫到了傍晚，特別是上燈以後，出現了"一片和平安靜的夜"，並且為之提供了一幅靜默的圖景：

> 傍晚時候，上燈了，一點點黃暈的光，烘託出一片安靜而和平的夜。在鄉下，小路上，石橋邊，有撐起傘慢慢走着的人，還有地裏工作的農夫，披着蓑戴着笠。他們的房屋，稀稀疏疏的，在雨裏靜默着。

讀到這裏，可能絕大多數讀者覺得很自然，沒有甚麼可說的。但細心體會一下，可能會發現，這是一幅詩意圖景，和前面春天的圖景有所不同，前面是眼花繚亂、熱鬧的景象，而這裏，卻刻意強調它的靜默。這是生活本身如此，還是作家別有匠心？

我以為，這是朱自清刻意為之。

在本文開頭我說過，《春》的章法有一點危險性：分門別類的寫法是不容易討好的，有平鋪直敍、羅列現象、寫成流水賬的危險。

流水賬、羅列現象、平鋪直敍，在藝術上的危險就是單調，缺乏內在的豐富和變化。

可能是意識到了單調的危險性，朱先生在行文中，一方面以一種孩子氣的單純貫穿全文，另一方面，又在努力尋求內在的變化。前面已經說過，從視覺意象到觸覺、味覺和聽覺的轉換，是一個方面。另一個方面，則是在大幅度動態的、熱鬧的景象之後，提供一幅靜默的圖畫，與之形成對比，預防可能產生的單調之感。

到了文章的最後幾個小節，朱先生似乎又恢復到開頭的境界中，又熱鬧起來了。天上的風箏，地上的孩子，城裏鄉下，家家戶戶，老老小小，都寫到了，用的都是蜻蜓點水式的句子，這是為甚麼？可能是作者覺得這是一篇為他編撰的中學語文課本而寫的文章，不能太長，應該結束了。在結束的時候，應該點一下主題。這個主題不應該停留在文人的詩情畫意中，而應該有一點積極的、健康的精神。於是，不管大人孩子，都一個個精神抖擻，充滿了希望。但是，把主題這樣說出來，畢竟是概念，缺乏感覺。於是朱先生就用形象把全文概括起來：

　　春天像小姑娘，花枝招展的，笑着，走着。

　　應該說，這是符合全文的整體形象的，也符合朱先生許多寫風景、寫季節的散文的風格。上世紀七十年代，身在香港中文大學的余光中曾經指出，朱先生好用"女性擬人格"的修辭。應該說，這是中肯的。

　　本來文章到了這裏，應該結束了，可是，朱先生又加了一句：

　　春天像健壯的青年，有鐵一般的胳膊和腰腳，領
　着我們上前去。

　　這很明顯，是為了給孩子們以更積極、更昂揚的精神誘導。這種苦心是完全可以理解的，但是作為文章的點題句，卻可能是脫離了文章整體的。因為在這篇文章中，讀者感受得最深刻的，大都是優雅的、天真的、孩子氣的單純，而不是甚麼"健壯的青年"、"鐵一般的胳膊和腰腳"。

事實上，朱自清這篇散文的局限性不僅僅在這一點，還有更多，我們一下子感覺不到，只有讀了林斤瀾的《春風》，才可能有更深的體會。

林斤瀾《春風》解讀

朱自清的《春》寫得很美，作者以最大的熱情，從各個方面去渲染春天的美好：春光明媚，鳥語花香，從城市到鄉村，從老人到孩子，天上的風箏，牛背上的牧笛，都寫到了，都寫得很美，好像再也不可能想像出春天還有甚麼美好的景象了。但是，朱先生所寫的春天，只是中國東南沿海，主要是江浙一帶的春天，他也並沒有把春天的美和對春天的美好感情寫光，他只寫了很有限的一個側面。他所表現的春天的情趣，也只是中國傳統文化中比較溫文、婉約的情趣。

這樣的春天和春的情趣，與無限豐富的世界和心靈相比，真是滄海之一粟。

北國之春

林斤瀾就公然表示，他不喜歡類似朱先生為之陶醉的那種春天。他並不認為那樣的春天是最美好的，他在《春風》的最後這樣說：

如果我回到江南，老是乍暖還寒，最難將息，
老是牛角淡淡的陽光，牛尾濛濛的陰雨，整天好比
穿着濕布衫，牆角落裏發黴，長蘑菇，有死耗子味
兒。

當然，他並不是絕對反對江南的春光，他說，本來也是欣
賞江南風格的春天的。對充滿於朱先生文中的古典詩情畫意，
他本來是十分欣賞的："暮春三月，江南草長，雜花生樹，群
鶯亂飛"，這樣的經典名句，他認為是"老窖名酒，是色香味
俱全的"（注意：用口語來形容典雅的詩意，表現了一種特別
的情趣）。只是他反對以江南的春光作為唯一的標準去衡量北
方的春天，尤其是否定北方的春風。他承認北方的春天是寒
冷的，到處是積雪、冰碴、冰溜。但是就在這冰雪不肯撤退
的時候，春風來了。北方的春風不像朱自清讚揚的那樣"吹面
不寒楊柳風"，它沒有那樣溫和、細柔，在南方人看來，那簡
直不是春風。南方人在北京甚至都感覺不到春天，"哪裏有
甚麼春天，只見起風、起風，成天颳土、颳土，眼睛也睜不
開"。但是，他認為，北方的春天，尤其是北方的風別有一番
詩意的美：

一夜之間，春風來了。忽然從塞外的蒼蒼草原，
莽莽沙漠，滾滾而來。從關外撲過山頭，漫過山梁，
插山溝，灌山口，嗚嗚吹號，哄哄呼嘯，飛沙走石，

撲在窗戶上，撒拉撒拉，撲在人臉上，如無數
的針扎。

這樣的風，和楊柳風迥然不同。首先，吹在臉上並
不舒服，像針扎似的；其次，聲音也不好聽，嗚嗚的，
哄哄的，撲在窗戶上，撒拉撒拉的，似乎並沒有音樂感
或者美感，好像缺乏詩意。但是，讀者仍然感到，這
樣的風中有一種東西有點感人："蒼蒼草原"、"莽莽沙
漠"、"滾滾而來"，作為報告春天的溫暖到來的使者，
風橫掃過蒼莽空間，經歷了粗礪的磨煉，帶着一種豪
邁、蒼勁的氣勢。似乎能給讀者一種暗示：大地春回，
萬象更新，美好和艱難是聯繫在一起的。這也是一種
美，不過是另外一種美，與江南柔婉的美不同，這是一
種粗豪的美。

讀這篇作品，就是要學會欣賞這樣的美。這種美，
並不優雅，不像孩子那樣稚嫩、可愛，但它有深度，一
般人不能自發地欣賞其內涵。因為它是潛在的，隱藏
的，在它粗礪的外表下，有一種深刻的東西：

轟的一聲，是哪裏的河水開裂吧。嘎的
一聲，是碗口大的病枝颭折了。有天夜間，
我住的石頭房子的木頭架子，格拉拉格拉
拉響起來，晃起來。彷彿冬眠驚醒，伸懶

腰，動彈胳膊腿，渾身關節挨個兒格拉拉格拉拉地鬆動。

這種美是另一種類型。朱先生的美，是溫文爾雅的，經過古典的詩情畫意的提煉，很優雅；而這裏卻不講究甚麼優雅，河水開裂，樹枝颳折，轟的一聲，嘎的一聲，好像是很原始的。房子的木頭架子都響起來，是不是有點可怕？雖然可怕，卻仍然是美好的。因為，這讓作者想到，這是冬眠過後的伸懶腰、動彈胳膊腿、鬆動渾身關節。這裏面有一點生命復蘇、痛而且快的感覺，這種感覺是屬於田野裏的體力勞動者的，而不是文人的。

這就透露了美感的區別，前者是江南的、文人氣質的，後者是北方的、勞動漢子氣質的。這一點到了下面一段，就更明顯了：

> 麥苗在霜凍裏返青了，山桃在積雪裏鼓苞了。清早，着大靰鞡鞋，穿老羊皮背心，使荊條背簍，背帶冰碴的羊糞，繞山嘴，上山梁，爬高高的梯田，春風呼哧哧地，幫助呼哧哧的人們，把糞肥拋撒勻淨。好不痛快人也。

關注麥苗和山桃，完全是莊稼漢子看自己的田地的感覺，至於穿上非常土的鞋子，沒有經過工業加工的羊皮背心，坦然於這種不時髦還不算，甚至還"背上羊糞"（帶冰碴的）去施"糞肥"，這樣的姿態和氣味，不論在古典還是當代文人詩文中都是上不了台盤的，和美掛不上鈎。但是林斤瀾對此津津樂道，還特別交代，把糞肥施得"勻淨"。在做這樣的事情的時候，居然還發出"好不痛快人也"的感歎。這樣的感情，這樣的趣味，真正是屬於另外一種美學的境界。

拿這篇寫於 1980 年的文章，和朱自清寫於 1933 年的《春》相比，哪一篇更有感染人的力量，哪一篇在藝術上更有創新性呢？

秋天：六種不同的古典詩情

讀作品，要真正讀懂，最起碼要讀出個性來，讀出它的與眾不同。欣賞經典文本，一個最方便的方法，就是同類經典文本共組。其目的是提供現成可比性，幫助讀者從被動接受進入主動分析和評價。比較是分析的前提，分析建立在可比性上。題材同類的作品有現成的可比性，這就為分析提供了有利條件。

同樣寫秋天，你這樣寫，我也這樣寫，叫做落入套路；你這樣寫，我偏不這樣寫，叫做別具一格。這個格，也許是人格，也許是作品的風格，不管是人格還是風格，都是突破，都是出格。

我們選擇不同時代、不同作者，同樣寫秋天的詩詞，把現成的差異和矛盾擺在面前，這有利於激發感悟思考。正是因為同中有異，才顯出個性的多彩，心靈的豐富，語言運用得出奇制勝。

秋葉

山行

杜牧

遠上寒山石徑斜，白雲生處有人家。
停車坐愛楓林晚，霜葉紅於二月花。

　　杜牧這首詩的可貴就在於：第一，他打破了多年來天經地義的想像機制。在一般人的想像中，花肯定比葉子美好，而杜牧卻說，葉子比花更美。在一般人看來，秋天肯定不如春天美好，而杜牧卻說，秋天比春天美好，不但比一般春天的景色鮮明，而且比春天最鮮豔的花朵還要鮮豔。這表現了詩人精神的活躍，不為常規所拘，這是詩人藝術想像的突破。第二，這首詩的靈魂，全在最後這一句，以一個比喻而使這首詩經受了千年的考驗。這個比喻的奧秘在於，它是一種“遠取譬”。

　　比喻分為近取譬和遠取譬。所謂遠取譬，是從空間距離來說的，為了求新，不在人身近處，而是在人身的遠處，在為傳統的想像所忽略的空間展開。遠取和近取，是許慎在《說文解字·敍目》中第一次提出的。但是，許慎說的不是比喻，而是傳說中文字的創造，近取諸身，遠取諸大自然。

實際上，從文學，尤其從詩的角度來看，這不是一個空間概念，而是一個心理觀念。有時從空間而言並不遠，但是，從心理來說，卻處於被遺忘的地位。杜牧把秋天的葉子比作春天的花就是一例。從秋天想到春天，從時間的角度來說，是遠取譬，但是，從葉子想到花卻是近取。我們之所以覺得它新異，是從心理、從想像和聯繫的角度來說的，這是被忽略了的，因而是出奇制勝的，是突破性的，個性特別突出，很有創造性。

　　為了說明這一點，我們可以來研究一下比喻的特殊規律。

　　比喻的矛盾是：第一，它發生在兩個東西（秋天的葉子和春天的花朵）之間。用修辭學的術語說，是本體（葉子）和喻體（花）。但並不是任何兩個不相同的東西放在一起，都能聯繫得起來。要成為比喻，還必須讓這兩個東西，在共有的一個特點（紅）上聯繫起來。除了這相通的一點以外，其他的一切性狀都暫時略而不計。在這裏就是，不管葉子和花的區別有多大，都放在一邊，而把“紅”當作全部。第二，這個聯繫必須是很精確的，不但表層的性質要相同，而且隱含的聯想的意味也要相近。就霜葉和二月鮮花而言，它們在“紅”這一點上，不但相通，而且在“紅”所引起的聯想上——紅得鮮豔，紅得旺盛，紅得熱烈，紅得有生命力——也是自然而然的。

　　通過對紅色的強調，杜牧表達了從秋天的葉子感受到的生機勃勃的情致，這表現出詩人的內心迥異於其他詩人的特點。從這裏，我們至少可以感受到詩人對大自然的美的欣賞，對生命中哪怕是走向衰敗的過程，都充滿了熱情，以美好的語言加以讚美。

　　杜牧這首詩之所以動人，當然不僅僅是因為這樣一個為讀者讚歎了千年的比喻，還因為詩的結構很有層次。詩人並沒有把這個比喻放在第一層次的前景位置上，而是把它安排在第二層次的位置上。在第一層次，他先引導讀者和他一起欣賞寒冷山坡上的石路。一個“斜”字，有很大的潛在量，不但寫出了山的陡（不陡，就不用“斜”，而用“橫”了），也表現了人家的高，居然在雲端裏。這樣的人家，有詩的味道，是因為它很遙遠，有的版本上是在白雲“深”處，有的則是在白雲“生”處。從某種意義上來說，好像白雲“生”處，更有遐想的空間，更縹緲。對於讀者，這很能引起超越世俗的神往。

　　如果作者滿足於這樣的美景，就很可能使讀者產生一種缺乏個性、沒有特殊心靈感悟的印象，令人產生比較平庸的感覺。這首詩的傑出在於，在用目光欣賞着自然的美好景色的時候，情緒上突然來了一個轉折。寒山石徑、白雲人家固然是美好的，但詩人一直讓車子按常規行進着。後來他突然把車子停了下來，原因是楓葉竟美麗到如此程度，需要停下來慢慢品味，讓視覺更充分地享受。這首詩動人的奧妙就在於用突然停車的動作，表達他內心對美的瞬間驚異和發現。從結構上說，這不是以單層次的平面，而是以第二個層次的提升來強調心理的轉折。從這個意義上說，白雲"深處"，不如白雲"生處"。因為"深處"，只是為遠處、超凡脫俗之境所吸引，而白雲"生處"，則是深而又深的境界，這種吸引，有一種凝神的感覺。這凝神的感覺，有一點靜止的暫停，和後面的突然發現的驚動，是一個對比。多少人對霜葉司空見慣而無動於衷，或有動於衷而不能表現這種心靈深處的突然驚動。而詩人卻抓住了這突如其來的無聲的、只有自己才體驗得到的欣喜，把它表達了出來。

景色的美好固然動人，然而，人的驚異，對美的頓悟卻更加動人。

文學形象憑甚麼感動人？當然要靠所表現的對象的特點，但是比之對象的特點更加重要的，是人的特點，人的心靈特點，哪怕這特點是無聲的、暫態的觸動，潛藏在無意識中的。如果不加表現，它也許就像流星一樣，永遠消逝了。而一旦藝術家把它用獨特的語言表現出來了，就可能像這首詩一樣，有千年的，甚至像一些人說的那樣獲得了永恆的生命。也許是杜牧把楓葉的想像水準提得太高了，從杜牧以後，拿楓葉作文章，似乎就很少傑出的。可能唯一的例外，就是王實甫。他在《西廂記·長亭送別》中，讓他的女主人公崔鶯鶯送別自己的心上人，又一次勇敢地把楓葉放在了她的面前，崔鶯鶯的唱詞就成了千古絕唱：

曉來誰染霜林醉，總是離人淚！

這不僅是對女主人公情感的一次成功的揭示，而且是一次成功的突圍。同樣的楓葉，不再從美好的、花一樣的春色方面去想像，而從悲痛方面去開拓，千古絕唱就這樣產生了。

塞外悲秋

漁家傲

范仲淹

塞下秋來風景異，衡陽雁去無留意。四面邊聲連角起。千嶂裏，長煙落日孤城閉。

濁酒一杯家萬里，燕然未勒歸無計。羌管悠悠霜滿地。人不寐，將軍白髮征夫淚。

我們對范仲淹《漁家傲》和《蘇幕遮》兩首詞的着眼點，不應該僅僅是秋天的景象，而是他通過秋天的景象，調動出了自己怎樣獨特的心靈儲存。從《漁家傲》裏，我們看到了甚麼呢？

第一，突出了秋天的景象，不是一般的秋天的景色，而是有特點的。甚麼特點？"風景異"，異者，不同也。首先是與家鄉的距離感（范是蘇州人）。這是全詩的着眼點。"衡陽雁去無留意"（湖南衡陽縣南有回雁峰，相傳雁至此不再南飛。見王象之《輿地紀勝》卷五十五），用秋天的大雁來表現空間的距離遙遠。雁去的方向是南方，很遙遠。而這些雁對這邊塞竟也一點沒有留戀之意，這一點特別使詩人感慨。雁都沒有留戀此地的意思，我卻留在這裏。"濁酒一杯家萬里"，提出兩個並列的意象，在數量詞對仗中有對比，一方面是"一杯"，一方面是"萬里"。一杯，一個人喝酒，暗示孤獨；萬里，是遙遠。渲染的仍然是邊塞和家鄉的空間距離非同尋常。與此相呼應的是地理環境的特點——"千嶂裏"（像屏障一樣並列的山峰），在崇山峻嶺之中。"孤城閉"，"閉"用得多麼精煉。為甚麼要閉？因為"四面邊聲"（主要是指軍中號角之聲），突出了"孤城"的氛圍，在敵人包圍之中。這更襯托出了歸家的遙遙無期。

　　據考證這首詞可能是寫實。1038 年西夏元昊稱帝後，連年侵宋。由於積貧積弱，邊防空虛，宋軍一敗於延州，再敗於好水川，三敗於定川寨。1040 年，范仲淹自越州改任陝西經略副使兼知延州（今陝西延安）。延州當西夏出入關要衝，戰後城寨焚掠殆盡，戍兵皆無壁壘，散處城中。此詞可能作於知延州時。

　　應該注意的是，"四面邊聲連角起"，"邊聲"，可能典出李陵《答蘇武書》："涼秋九月，塞外草衰。夜不能寐，側耳遠聽，胡笳互動，牧馬悲鳴，吟嘯成群，邊聲四起。""邊聲"應包含許多內涵。本來似乎應該是："四面邊角連聲起"，但是，那樣一來，第二和第四個字都是仄聲，就不是仄仄平平平仄仄了，不協調了。而漢語詩歌的語詞順序，是比較自由的，所以作者作了調整。

第二，這首詩的最動人處，不在地理環境的特殊，而是通過這空間距離的悠遠，來調動詩人內心深處的感情。這種情感必須是有特點的。但是，一說到秋，就寫悲愁，特點可能就被淹沒了。"四面邊聲連角起"具有"悲"的意味，軍號都是悲的，"將軍白髮征夫淚"，悲到連眼淚都寫出來了，不是落入悲秋的俗套了嗎？沒有。原因在於，這裏字面上雖然是悲的，但悲中有壯。壯在哪裏呢？壯在心態，壯在志氣。雖然外在的景色悲涼，內心卻懷着豪情——"燕然未勒歸無計"。（燕然：今蒙古境內之杭愛山。勒：刻石記功。東漢竇憲追擊北匈奴，出塞三千餘里，至燕然山刻石記功而還。）還沒為捍衛疆土立下蓋世的功勳，就更沒有理由回家。家和國，這是一對矛盾，詩人就是處在嚴酷的國家命運、個人志向和鄉愁之間，矛盾不得解脫，才借酒澆愁。濁酒，不是清酒，越發顯出鄉愁的沉重。這種鄉愁，不是一般的憂愁，而是使人失眠的憂愁（"人不寐"）。襯托這種憂愁的，又不是灰暗的背景，而是"羌管悠悠霜滿地"，明亮的月色中的高昂的樂曲，這是一種反襯，使這種悲涼有一種明亮的而不是灰暗的感覺：聽着異鄉異族（"羌管"）的樂曲，看着月光照着的霜華，想到自己雖然年華消逝（"將軍白髮"），卻仍然要堅守在遙遠的邊陲。

這是一首宋人寫的軍旅詞，和唐人的邊塞詩屬於同一母題。但是，相比起來，沒有了唐人豪邁、開朗的英雄主義。只要和岑參的《白雪歌送武判官歸京》中的"中軍置酒飲歸客，胡琴琵琶與羌笛"、"紛紛暮雪下轅門，風掣紅旗凍不翻"相比，就可以看得很清楚，唐人寫邊塞之苦寒，其中有自豪深厚之氣，而宋人則心氣偏弱。這是因為宋朝在軍事上一直比較弱，對於異族往往只有招架之功，而無還手之力。宋朝的大詩人即使有時作英雄語，也往往難以擺脫無奈的悲劇感。這可以從"歸無計"和"人不寐"中感受到。

　　范仲淹在邊防上是有作為的。他到延州後，選將練卒，招撫流亡，增設城堡，聯絡諸羌，深為西夏畏憚，稱"小范老子腹中有數萬甲兵"。故其詞慷慨，悲而不慘，悲中有壯，一掃花間派柔靡詞風，可視為"蘇辛"豪放詞的前奏。

望秋懷鄉

蘇幕遮

范仲淹

　　碧雲天，黃葉地。秋色連波，波上寒煙翠。山映斜陽天接水。芳草無情，更在斜陽外。

　　黯鄉魂，追旅思。夜夜除非，好夢留人睡。明月樓高休獨倚。酒入愁腸，化作相思淚。

這一首和上一首有兩個共同點：一，都是寫秋天的；二，都是寫鄉愁的。

唐圭璋在《唐宋詞簡釋》（上海古籍出版社 1981 年版）中説：此首，上片寫景，下片抒情。上片，寫天連水，水連山，山連芳草；天帶碧雲，水帶寒煙，山帶斜陽。自上及下，自近及遠，純是一片空靈境界，即畫亦難到。下片，觸景生情。"黯鄉魂"四句，寫在外淹滯之久與思鄉之深。"明月"一句陡提，"酒入"兩句拍合。"樓高"點明上片之景為樓上所見。酒入腸化淚亦新。……足見公之真情流露也。

唐先生的藝術感覺甚好，但是，孤立地談一首詩很難把真正的特點講清楚。

最好的辦法就是和前面一首《漁家傲》比較。

外部景色的地域特點與前面一首相比，有所不同，憑藉幾個細節，給人鮮明的印象，並沒有悲涼的感覺，相反，很明媚。上片一開頭就強調色彩，"碧雲天"，雲怎麼是碧的？如果貼近客觀真實，雲應該是白的。其實這是美化，因為在色彩上要和下面的"黃葉地"相對。這樣在音節上對稱，在色彩上也對稱。

這裏的色彩雖然鮮豔，但並不雜亂，因為它單純，給人一種明淨之感。"秋色連波"，秋天的景色和水波連在一起，一片空靈，如果不是空靈到水一樣透明，就不可能和水連成一片。至於"波上寒煙翠"，水波是透明的，而水上的寒煙，其實是水上的霧氣，本來應該是朦朧的，但是，作者用了一個"翠"字，便增加了透明感。碧、黃、翠這樣豐富的色彩，不僅不互相干擾，而且在明淨這一點上高度統一了起來，構成了意境——不僅霧氣朦朧，而且黃葉的枯敗也被透明感同化了。

這明顯不是塞外風光，而是東南或者中南地區了。

和上一首一樣，詞中也有山，可是，"山映斜陽"，色彩也還是明亮的。但這裏的山，並不像前一首那樣，都是屏障一樣的重重高峰，相反，可以看到"天接水"，説明這是在平原上，山很小，又不多，沒有擋着視線，一望無際，視野開闊。這句寫出了平原的特點，而且不是一般的平原，是有河流的。這樣開闊的圖畫所展示的，不僅僅是大自然的風物，而且是作者極目遠眺的心胸和情致。和"秋色連波，波上寒煙翠"連在一起，這麼多明淨的意象組合起來，完全淹沒了前面作為秋天的象徵的黃葉引起的聯想，幾乎沒有多少秋天的感覺了。

這僅僅是地域的特點嗎？地域的特點一旦得到表現，就不再是客觀的，因為這特點是經過作者情感的選擇、同化後轉換、生成的。地域特點和作者的心理特點水乳交融，實際上是作者心靈的反射，這可以從下面一句"芳草無情，更在斜陽外"得到證明。芳草，不屬於"黃葉地"的範疇，不是眼睛能直接看到的。"在斜陽外"，也就是更加遙遠的地方。那更是不為黃葉覆蓋的地方。關鍵字語是"無情"。為甚麼無情？因為芳草在山以外，在故鄉，它遠遠地在斜陽以外，在目力所及之外。芳草不理會我的鄉愁，所以無情。芳草的無情，正襯托出詩人的多情。

　　詩人的情懷和故鄉的關係，到了下闋才點明。"黯鄉魂，追旅思"，用了一個短短的對句，説的是一回事：懷鄉。在這以前，用的都是借景的辦法，比較含蓄，到了這裏，繼續借景抒情，不是不可以，但是，如果駕馭不好，就可能太單調，也可能停留在景物的層面上，不利於情感深化。所以許多詞家到了詞的下半闋，就轉為直接抒情，把感情直接傾訴出來。范仲淹用同樣的方法，直接把自己對家鄉的懷念抒發出來。他強調這種鄉思的特點是，在清醒的時候不可排解，只有在做夢的時候才是例外。他甚至希望，夜夜都做好夢。因為"好夢留人"，一個"好"字，説得比較空靈，一個"留"字，暗示無限留戀，反襯出他並不能夜夜好夢，也就是説是他的鄉思使他失眠了。這本來和前一首的"人不寐"，説的是一樣的意思。但是，"人不寐"把一切都講出來了，然後再用"將軍白髮征夫淚"這樣的意象來支撐。而這裏是用留有餘地的辦法把失眠暗示了出來。下面一句："明月高樓休獨倚"，暗示性更強，為甚麼不能一個人靜靜地賞月呢？因為月亮彎彎照九州，光華能超越空間的距離、關山的阻隔，征人卻不能和親人溝通。所以，還不如不要去觸動這敏感的聯想。"休"字很見功力，是正話反説。字面上是"休"，不要獨倚，但又把它寫得這麼詩意盎然，本為避免惆悵，卻又留戀惆悵之美。下面一句，就更見才情了：

酒入愁腸，化作相思淚。

酒本來不是眼淚，在這裏卻變成了眼淚，用科學的眼光來看，這是不真實的，但詩的抒情，需要想像才能充分表達。想像的特點之一，就是虛擬的變異，酒變成了眼淚，不但形態變了，而且質地也變化了。這是很大膽的，但又不是隨意的。因為兩者之間在聯想上還是有相通之處、有溝通的管道的，酒和淚都是液體，讀者聯想就有了相近、相似的過渡管道，順理成章，非常自然。如果不是這樣，說酒化作芳草，化作斜陽，就不倫不類了，讀者的聯想有可能被擾亂，產生一種抗拒感，詩就失敗了。把酒和眼淚聯繫起來，變異幅度很大，聯想卻沒有阻力，可以說水乳交融。正是因為這樣自然的過渡，思鄉的情感被強化了：為了消愁，才去喝酒，喝酒，本來為了麻醉自己思鄉的痛苦，卻適得其反，消愁的酒更轉化為自己思鄉的痛苦。這和李白的"舉杯銷愁愁更愁"是一樣的意思。但是，范氏的傑出就在於發明了自己的獨創話語——酒和淚轉化，這在藝術上就有了創造性，有了不朽的感染力。

同樣是通過秋天的景色來抒發自己思念家鄉的感情，這一首和前面那首不同。前面一首寫思鄉和衛國之間的矛盾，有一點沉鬱、豪邁的氣魄，情調上悲而且壯。而這一首情緒上是悲的，但是悲中無壯，沒有把思鄉的情感與衛國的壯志聯繫起來。而且在意象上，碧雲天、黃葉地、寒煙翠、明月樓，色彩也較明淨，悲而清澈。但是，又不像李清照那樣淒，沒有淒涼之感。

詩人面對大自然，用意並不在完全客觀的自然景象，而在激發自我內心深沉的情致。如果同一個人，每一次調動起來的都一樣，就不能説他有多豐富的個性了。詩人的功力就在於，每一次調動起來的都不一樣，就顯示了他內心和藝術表現力的多彩。閱讀同一作者的作品，一方面要注意他貫穿在每一篇作品中的個性。另一方面更要注意，個性中各不相同的側面。如果看不出不同來，就不能真正欣賞每一首詩的特點，也就不能真正理解作者個性的豐富。

西風烈

天淨沙　秋思

馬致遠

枯藤老樹昏鴉，小橋流水人家，古道西風瘦馬。夕陽西下，斷腸人在天涯。

這首經典之作全文沒有一個字提到秋，但恰恰寫出了經典的秋天景象，其感受也是傳統的憂愁，閱讀者關注的核心應該是：這裏的憂愁，和前面幾篇有甚麼不同？全文只有五句，一眼望去就可感到，其特點首先在句法上，前面三句都是名詞（意象）的並列，沒有謂語。但是，讀者並不因為沒有謂語而感到不可理解。

第一句，枯藤、老樹、昏鴉，這三者，雖然沒有通常的謂語和介詞等成分，但它們之間的關係並不因此而混亂。它調動着讀者的想像，構成了完整的視覺圖景。三者在音節上是等量的，在詞性上是對稱的，“枯”、“老”、“昏”在情調的悲涼上是一致的，所引起的聯想在性質上是相當的。小橋、流水、人家，也一樣，只是在性質上不特別具備憂愁的感覺。（有人解釋，這是詩人看到別人家的生活，是反襯。）後面一句：古道、西風、瘦馬，三個意象，互相之間沒有確定的聯繫，但與前面的枯藤、老樹、昏鴉在性質上、情調上有精緻的統一性，不但相呼應，而且引導着讀者的想像進一步延伸出一幅靜止的圖畫。這時，在靜止的圖景上，出現了一個行人和一匹馬。本來，騎馬可以引起生氣勃勃的感覺，但卻是瘦馬，反加深了遠離家鄉（漂泊天涯）之感。這種感觸，又是在西風中。在中國古典詩歌中，西風，就是秋風，秋風肅殺的聯想已經固定。所以作者沒有正面說肅殺，而是把聯想空間留給讀者。古道，是古老的，或者是從古以來的道路，和西風、瘦馬組合在一起，在感情的性質上，在程度上，非常統一、和諧。

也許有讀者會提出疑問，這樣的句子是一種"破句"，為甚麼有這麼多好處呢？因為這是漢語抒情詩。詩比之散文，要給讀者留下更多的想像空間，讓讀者的想像參與形象的創造，參與越自然，越沒有難度，詩歌的感染力越強。比如，古道、西風、瘦馬，這匹馬是騎着的，還是牽着的，如果交代得清清楚楚，反而煞風景。這就產生了一個現象，在散文裏看來是不完整、不夠通順的句法，在詩歌裏卻為讀者留下了想像的空間，促使讀者和作者共同創造。這正是漢語古典詩歌一大的特點，也是一大優點：前面范仲淹詞中的"濁酒一杯家萬里"也遵循着同樣的規律。這種手法，在講究對仗的律詩中，得到了充分的發展，在唐朝已經十分普及，精彩的例子唾手可得：

雞聲茅店月，人跡板橋霜。

——溫庭筠《商山早行》

這是溫庭筠《商山早行》中的一聯。雖然構不成完整的句子，但上聯提供的三個意象，卻能刺激讀者的想像，構成完整的畫面，雞聲和月亮足夠說明，這不是一般的早晨，月亮還沒有落下，這是黎明。茅店，更加提醒讀者回想起詩題——"早行"，是提早出行的旅客的視覺。下聯的"人跡"和"霜"聯繫在一起，互為因果，進一步強化了早行的季節和氣候特點，雖然自己已經是早行了，但是還有更早的呢。而“板橋”，則是作者聰明的選擇，只有在板橋上，霜跡才能看得清楚，如果是一般的泥土路上，恐怕很難有這樣鮮明的感覺。

　　當然，如果一味這樣並列下去，五個句子全是並列的名詞（或者意象），就太單調了。所以到了第四句，句法突然變化了，“夕陽西下”，謂語動詞出現在名詞之後，有了一個完整的句子。但是，其他方面並沒有變化，仍然是視覺感受。後面如果繼續寫風景，哪怕句法有變化，卻因為一味在視覺的感官上滑行，也難免給人膚淺之感。故作者不再滿足於在視覺感官上滑行，而向情感更深處突進，不再描繪風物，而是直接抒發感情——“斷腸人在天涯”。這裏點出了秋思的情緒特點，不是一般的憂愁，而是憂愁到“斷腸”的程度。這就不僅僅是淒涼，而且有一點淒苦的感覺了。人在天涯，也就是遠離家鄉。被秋天的景象調動起來的馬致遠的心靈和范仲淹、杜牧是何等的不同，他對大自然的欣賞只限於淒苦，不涉及國家的責任，故悲而不壯。對家鄉的懷戀，倒是相近的，雖然沒有明淨的圖景，但並不妨礙它的動人，詩人個性化的生命就在這不同之中。這首小令幸虧有這最後一句，使它有了一定的深度，在情感的表達上也有了層次，避免了單調。

頌秋

秋詞

劉禹錫

自古逢秋悲寂寥，我言秋日勝春朝。

晴空一鶴排雲上，便引詩情到碧宵。

　　選出這首絕句來欣賞，並不是因為它在藝術上特別有成就，而是因為它在立意上有特點，前面已經說過，中國古典詩歌在宋玉時代確立了悲秋的母題，而且成為一種傳統（在《詩經》裏還不是這樣的）。一般人很少有意識去打破這個多少有點封閉、凝固的套路。當然，這也並不能說，所有表達秋愁的詩歌都是公式化的套語，至少有許多以秋天引起的悲愁，是有真切內涵的。例如李白的《子夜吳歌·秋歌》：

長安一片月，萬戶擣衣聲。

秋風吹不盡，總是玉關情。

何日平胡虜，良人罷遠征？

　　這種秋愁，是與大眾的疾苦有關的，想像的空間那麼遼闊（從玉門關到長安），戰士的妻子的綿綿思緒那麼深沉，但是，又不那麼張揚，沒有多少誇張之語，寫得相當從容。其藝術價值是很高的。

有些作品雖然不見有多大的社會意義，但就算詩人沒有甚麼壯志，在秋天來臨的時候，他感到一種和大自然的契合，發現秋天的清新和人生的美好，同樣也能寫出好詩來。像王維的《山居秋暝》：

> 空山新雨後，天氣晚來秋。
> 明月松間照，清泉石上流。
> 竹喧歸浣女，蓮動下漁舟。
> 隨意春芳歇，王孫自可留。

王維發現了秋天美的另一種表現。一切看來是平常的，面對這種平常而又美好的景象，詩人的心情是欣然而又恬淡的。這說明秋天並不是命中注定要帶來憂愁的，而且也不注定要引起人的異常激動。

劉禹錫的可貴就在於，他對秋愁套路唱了反調，不是自發的，而是自覺的，不是一般的唱唱而已，而是把對立面提出來，加以批評。哪怕自古以來就是這樣的，他也不買賬。這首詩的可貴還在於他不但反對悲秋，反對逢秋便悲，而且提出秋天比春天更美好（秋日勝春朝）。劉禹錫的這首詩，因為反對悲秋而得到崇高的評價。正是在反潮流的思緒這一點上，這首詩有了不朽的價值，雖然在藝術上，這首詩很難列為唐詩中最傑出的作品。在今天看來，喜怒哀樂都是人的心靈的一部分，只是對於創業者而言，樂觀可能特別難能可貴吧。

這首詩的核心意象是"晴空一鶴排雲上"，以這一點支撐"秋日勝春朝"的感興。這個意象，有兩點值得分析：一是，把鶴的形象放在秋日"晴空"中，用秋高氣爽、萬里無雲的背景來襯托（在人們的印象中秋天的晴空是蔚藍的，而鶴是白的）。這就意味着，天空裏一切其他的東西都被省略了。甚麼風雨啊，紅霞啊，日月星辰啊，都從讀者的想像裏排除了，只讓白色的鶴翅膀突出在讀者的視野中。有了這一點對比就夠了。第二，這個鶴的運動方向，不是通常的大雁南飛，而是詩人設計的，詩人不説"向上"，而説"排雲"，這就比向上還要有力量的感覺。力爭飛到雲層的上方去。這便有了象徵意義。

劉禹錫的《秋詞》一共兩首，另外一首如下：

> 山明水淨夜來霜，數樹深紅出淺黃。
>
> 試上高樓清入骨，豈如春色嗾人狂。

這一首的立意和前一首是相似的，也要把秋天和春天相比，表現秋天自有秋天的美，自有春天比不上的特點。這一首不像上一首只是籠統地反對悲秋，提出"秋日勝春朝"，而是進一步指出秋日也有不亞於春天的鮮豔色彩，它勝過春朝的地方是，給人一種"清入骨"的感覺。這個"清"的內涵很豐富，可以令人想到清靜，也可以想到清淨，甚至可以想到清高。雖然不如春天那麼鮮明、一望而知，但是細細體味，卻雋永、含蓄，更經得起欣賞，更深刻。詩人欣賞秋天的清，還有一點不能忽略，它把欣賞的地點放在高樓上，要從高處欣賞秋天的"清"，這就不單純是物理的高度，而且有開闊的視野，精神的高度，正是這樣，他才覺得，秋色不像春色那樣浮躁，那樣誇張（嘛人狂），那樣張揚。

藉秋抒懷

登高

杜甫

風急天高猿嘯哀，渚清沙白鳥飛回。
無邊落木蕭蕭下，不盡長江滾滾來。
萬里悲秋常作客，百年多病獨登台。
艱難苦恨繁霜鬢，潦倒新停濁酒杯。

這首詩被胡應麟在《詩藪》中稱為"古今七律第一"。詩是大曆二年（767 年）杜甫在四川夔州時所作。雖然在詩句中點到"哀"，但不是直接訴說自己感到的悲哀，而是"風急天高猿嘯哀"——猿猴的鳴叫聲悲哀，這給讀者留下了想像的自由，並不明説，是猿叫得悲哀，還是自己心裏感到悲哀。點明了"哀"還不夠，下面又點到"悲"，"萬里悲秋常作客"，這回點明是詩人自己悲秋了。一提到秋天，就強調悲哀，不是落入窠臼了嗎？不然。

這是因為，杜甫的悲哀有他的特殊性。他的悲哀雖然是個人的命運，卻是相當深厚而且博大的。這種博大，首先表現在空間視野上。

詩題是"登高"，開頭兩句充分顯示出登高望遠的境界，由於高而遠，所以有空闊之感。猿嘯之聲，風急天高，空間壯闊，渚清沙白，本已有俯視之感，再加上"鳥飛回"，更覺人與鳥之間，如果不是俯視，至少也是平視了。這正是身在高處的效果。到了"無邊落木蕭蕭下，不盡長江滾滾來"，這種俯視的空間感，就不但廣闊，而且有了時間的深度。和前兩句比，這兩句境界大開，有一種豁然提升的感覺，明顯有更強的想像性、虛擬性。落木居然到了無邊的程度，滿眼都是，充滿上下天地之間。這不可能是寫實，顯然，只有在想像中才有合理性。長江滾滾而來，從引用《論語》中"子在川上曰，逝者如斯夫"典故開始，在中國古典詩歌的傳統意象中，江河不斷，便不僅是空間的深度透視，而且是時間的無限長度。這種在空間和時間交織中的境界，當然不是局限於空間的平面畫面可比的。再加上意象如此密集，前兩句每句三個意象（風、天、猿嘯，渚、沙、鳥），後兩句每句雖然只各有一個意象，但其屬性卻有"無邊"和"蕭蕭"、"不盡"和"滾滾"，有形有色，有聲有狀，有對仗構成的時空轉換，有疊詞造成的滔滔滾滾的聲勢。從空間的廣闊，到時間的深邃，不僅僅是視野的開闊，而且有詩的精神氣度。悲秋而不孱弱，有渾厚之感。

如果就這樣深沉渾厚地寫下去，未嘗不可，但是，一味渾厚深沉下去的話，很難避免單調。在這首詩中尤其是這樣，因為，這首詩八句全部是對句。而在律詩中，一般只要求中間兩聯對仗。為甚麼要避免全篇都對？就是怕單調。杜甫八句全對，這除了語言形式上的功夫以外，恐怕就是得力於情緒上的起伏變化了。這首詩，第一、第二聯，氣魄宏大，到了第三、第四聯，就不再一味宏大下去，而是出現了些許變化：

> 萬里悲秋常作客，百年多病獨登台。
> 艱難苦恨繁霜鬢，潦倒新停濁酒杯。

境界不像前面的詩句那樣開闊，一下子回到自己個人的命運上來，而且把個人的"潦倒"都直截了當地寫了出來。渾厚深沉的宏大境界，一下子縮小了，格調也不單純是深沉渾厚，而是有一點低沉了，給人一種頓挫之感。境界由大到小，由開到合，情緒也從高亢到悲抑，有微妙的跌宕。杜甫追求情感節奏的曲折變化，這種變化有時是默默的，有時卻有突然的轉折。古代詩話説杜甫的詩"沉鬱頓挫"，沉鬱是許多人都做得到的，而頓挫則殊為難能。

杜甫善於在登高的場景中，把自己的痛苦放在盡可能宏大的空間中，使他的悲涼顯得並不渺小。但是，他又不完全停留在高亢的音調上，常常是由高而低，由歷史到個人，由空闊到逼仄，形成一種起伏跌宕的氣息。宋人羅大經在《鶴林玉露》中這樣評價這首詩："杜陵詩云‘萬里悲秋常作客，百年多病獨登台。’萬里，地之遠也；悲秋，時之淒慘也；作客，羈旅也；常作客，之旅也；百年，暮齒也；多病，衰疾也；台，高迥也；獨登台，無親朋也。十四字中有八意，而對偶又極精確。"這樣的評價很到位，十四字八層意思層層加重了悲秋。我們來看他寫於差不多同一時期的《登岳陽樓》：

> 昔聞洞庭水，今上岳陽樓。
> 吳楚東南坼，乾坤日夜浮。
> 親朋無一字，老病有孤舟。
> 戎馬關山北，憑軒涕泗流。

明明是個人的痛苦，有關親朋離異的，有關自己健康惡化的，這可能是小痛苦，但杜甫卻把它放在宇宙（"乾坤"）和時間的運動（"日夜浮"動）之中，氣魄就宏大了。當然，這並不完全是技巧問題，因為詩人總是把自己個人的命運、親朋離散、老病異鄉和遠在視線之外的戰亂（"戎馬關山"）、國家的命運聯繫在一起。這種境界是夠宏偉的了，但是，他隨即又轉向個人命運，而且為親朋資訊杳然和自己的老病而涕泗橫流起來。這不但不顯得小家子氣，而且以深沉的情緒起伏來調節他的情感節奏，就難怪詩話的作者們反復稱道他的感情"沉鬱頓挫"。在《登樓》中：

> 花近高樓傷客心，萬方多難此登臨。
> 錦江春色來天地，玉壘浮雲變古今。

他個人的"傷客心"總和"萬方多難"的戰亂結合在一起，就使得他的悲痛有了社會的廣度。為了強化這社會性的悲痛，他又以"天地"的宏大空間和"古今"的悠遠時間兩個方面充實其深度。杜甫的氣魄，杜甫的深度，就是由這種社會歷史感、宏大空間感和悠遠的時間感三位一體構成的。哪怕他並不是寫登高，也不由自主地以宏大的空間來展開他的感情，例如《秋興八首》之一：

> 玉露凋傷楓樹林，巫山巫峽氣蕭森。
> 江間波浪兼天湧，塞上風雲接地陰。

藉助"兼天"、"接地"的境界，杜甫表現了他個性宏大深沉的藝術格調。

讀懂

心靈

獨享心靈的自由

——《荷塘月色》解讀

超出平常的自己

過去，人們常常使用社會學的方法講解《荷塘月色》，說是體現了知識分子的苦悶——既不能同流合污，又不能直接投身時代潮流的矛盾心情。上述說法，從價值觀念來說，是一元的——社會功利的價值範疇，在這種價值觀念以外，是不是就沒有其他價值可言了呢？從理論上說，至少有兩點值得深究。第一，光用知識分子的普遍性的苦悶作為大前提，並不能揭示出朱自清的個性來。因為普遍性的內涵小於特殊性，正如水果的內涵小於蘋果一樣。反過來說，特殊性的內涵大於普遍性，正等於吃了蘋果就知道水果是怎麼一回事，而如果光知道普遍性的（水果）定義，卻仍然不知道蘋果的味道。第二，就算知道了朱自清的一般的個性，也不足以徹底分析《荷塘月色》的特點。因為，個性和瞬息萬變的心情並不是一回事。個性是多方面的，有其矛盾的各個側面；個性又是立體的，有其深層次和淺層次。一時的心情充其量只是個性的一個側面，矛盾的一個方面，心理的某一個層次。《荷塘月色》寫的是他離開家、妻子、孩子一個短暫的時間之後的心情。人的心情是不斷變化的，在不同的時間、地點和條件下，是千變萬化的。而文章的要害，是這個時間段的心情在特定空間的特殊表現，而不是他在任何時間、任何地點、任何條件下都比較穩定的個性。在《荷塘月色》中，作者明明説了：有兩個自我，一個是"平常的自己"，一個是"超出了平常的自己"。而文章寫的恰恰是超出了平常的自己，文章的生命恰恰在於"超出了平常的自己"。

　　文章一開頭就説"這幾天心裏頗不寧靜"，如果是指"四·一二"大屠殺以後的政治苦悶，則從四月到寫作時間，應該有三個月，應該説"這幾個月心裏頗不寧靜"。政治形勢對於所有知識分子是同樣的，朱自清的特點在哪裏呢？還有，人的心靈是很豐富的，政治苦悶只是一個方面，如果斷定在所有的文章中，都要作同樣的表達，那又如何解釋根本不涉及政治情懷的《背影》呢？一些和政治沒有直接關係的個人的、家庭的矛盾，就不能在文章中有所表現嗎？如果表達得好，有深度，就沒有任何審美價值嗎？

獨處的妙處

　　《荷塘月色》一開頭就説，夜深了，人靜了，想起日日經過的荷塘，"總該另有一番樣子吧"。許多讀者把這句忽略過去，覺得這句很平淡，沒有甚麼可講的。但是，這句話挺重要。因為這裏有矛盾可分析。平時的荷塘，是一個樣子，並不值得寫，而今天"另有一番樣子"，才值得寫。抓住這一句，不僅有利於分析文章，而且便於從中分析出為文之道。要寫一處風景，一般的情況是不值得寫的；只有與平常不同的樣子才值得寫。平時的荷塘，是一條小煤屑路，路邊的樹也不知名。"白天也少人走，夜晚有點寂寞"，一點詩意也沒有。值得寫一寫的是，"今晚卻很好"，一個人來到這裏，好像來到"另一世界裏"，作者也"好像超出了平常的自己"。許多讀者讀到這裏，又滑過去了。但是，這裏的矛盾更明顯了，是雙重的。從客觀世界來說，本來，清華園就是一個世界，哪來"另一世界"？這個矛盾（兩個世界）不能放過，另外一個矛盾更不能放過。那就是"平常的自己"和"超出了平常的自己"。"平常的自己"是甚麼樣子呢？文章中說了，"愛熱鬧，也愛冷靜，愛群居，也愛獨處"，而現在卻只愛"獨處的妙處"。

他說，"一個人""背着手踱着"，"甚麼都可以想，甚麼都可以不想"，"白天裏一定要做的事，一定要說的話，現在都可以不理"，"便覺是個自由的人"。因為覺得"自由"，便感到一種"獨處的妙處"，妙在何處呢？妙在"甚麼都可以想，甚麼都可以不想"。這兩句話非常重要。因為，這是後面的矛盾的線索。平時並不怎麼起眼的荷塘，此時此刻變得美好起來。所以，這一段的最後一句話是“我且受用這無邊的荷香月色好了”。二十世紀七十年代，余光中在一篇批評朱自清的文章中（《論朱自清的散文》，選自《余光中散文選集》，第 3 輯，時代文藝出版社，1997 年）發表過一點非常有意思的議論，說朱自清很奇怪，晚上一個人出去居然不帶太太。這就是沒有讀懂“自由”這兩個字。人家要寫的就是離開了太太和孩子的一種特殊的、自由的心情，這種心情和跟太太在一起是不一樣的。正因為這不一樣，“獨處的妙處”才值得寫一下。

發現了矛盾的深層是“自由”，就有可能深入分析了，就不用在甚麼段落大意上糾纏不清了。

由於擺脫了白天的煩累，心情變得解放了，平淡的荷塘就顯得有詩意了。

以下兩三段朱自清就用非常濃重的筆法來寫荷塘之美，一連用了十幾個比喻（余光中統計過一共是 14 個比喻）。風是輕輕的，花香是微微的，雲是薄薄的，霧是淡淡的，光是朦朧的，所有的意象不但在性質上是相當的，而且在程度上是相近的。尤其是形容花香的那一句，“微風過處”，“彷彿遠處高樓上渺茫的歌聲似的”。還有形容月光的那句，“光和影有着和諧的旋律，如梵婀玲上奏着的名曲”。但是，14 個比喻，不可能全是很精彩的，如把荷花說成是“如碧天裏的星星”、“剛出浴的美人”，荷葉如“亭亭的舞女的裙”之類，孤立起來看，比較平庸。余光中在批評朱自清的文章中說：比喻都不高明，那麼多明喻，不好。這是因為余光中從美國新批評出發，認定明喻不如暗喻。但是，他又認為，這 14 個比喻中，最好的是形容月光從"高處叢生的灌木，落下參差斑駁的黑影，峭楞楞如鬼一般"。顯然，這是個明喻，余光中有點自相矛盾了。其實，把比喻分別加以研究，是一種方法，但這種方法並不十分完善，因為就文章而言，首先應看整體效果，一般不宜拆開來分析。局部是整體的一個有機部分，整體功能大於局部各要素之和。整體效果好了，就能構成一種互相滲透的和諧，沒有甚麼地方的語言在程度上，或者在性質上是互相衝突，互相抵消的；也就是朱自清自己在文章中所說的"恰到好處"。哪怕局部比較差，由於互相支持，互相補充，互相滲透，總體上也能比較完善。這篇文章屬於抒情散文，所動人者，情緒也，情緒、感覺和語言達到和諧統一，給人的印象就比較強烈。但是，在闡釋這一段文章的時候，幾乎沒有一個論者涉及這一番風景描寫的風格問題。余光中對此評價不高，因為他認為，朱先生所用比喻都是"女性擬人格"。殊不知，也有人認為所有這一切都是一種女性的暗喻，或者是"借喻"——"那些關涉女性的愛慾形象卻可能是真正的本體"。[①] 這個問題是很值得思考的。但是，這些評價似乎並不到位，因為都離開了自由和獨處的自我欣賞之妙。文章中外在的美好都是為了表現內在的、自由的、無聲的、一個人靜靜的、不受干擾的甚至孤獨的情懷。從心理上來説，外部的寂靜和內部的安寧達到了和諧，也就是"恰到好處"，而這就使散文構成了詩化的意境。這種詩化的寧靜的境界，是自由的，因而是美好的。

政治的自由還是倫理的自由？

問題在於：這種自由是甚麼性質呢？通常，自由是屬於政治範疇的，是相對於專制而言的。但是，自由並不只有這樣一種涵義，自由還屬於哲學的、倫理的、實用的範疇。哲學的自由是相對於必然而言的，從斯賓諾沙開始就有了"自由是對於必然的認識"的命題。朱自清在這裏追求的並不是哲學上的自由，這種內涵可以排除。實用的自由是相對於紀律而言的，例如一個學生老是上課遲到，你可以批評他自由散漫，這個自由，與政治不搭界，和朱自清的心情也沒有甚麼關係。倫理學上的自由是相對於責任而言的，作為父親、兒子、教師、丈夫的朱自清，因為肩負着重重責任，"妻子兒女一大家，都指着我活"（《哪裏走》），因而是不太自由的。把這幾種自由的範疇拿來比較一下，哪一種更符合文章實際呢？我認為，文章強調的是離開了妻子和孩子時獲得了一種心靈的解脱。

文章接下來有幾句話幾乎被所有的教師和論文作者忽略了："這時候最熱鬧的，要數樹上的蟬聲與水裏的蛙聲；但熱鬧是牠們的，我甚麼也沒有。"

這不是又有矛盾了嗎？朱自清用最明確的語言告訴我們：原來清華園的一角，並不是如文章中所寫的那樣寧靜，那樣幽僻，還有喧鬧的一面。朱先生不過是選擇了幽僻的一面，排斥了喧鬧的一面。因為幽僻的一面和他的內心相通，所以他用相當華麗的語言，排比的句法，營造了一種寧靜的詩意的境界。這種詩意來自一種"獨處的妙處"——"便覺是個自由的人"。這種"自由"的性質是甚麼呢？批評朱自清夜遊不帶太太，看似笑話，但是，也有啟發性。他離開了太太（和兒子）享受着寧靜，連蟬聲和蛙聲都聽不到，可是接下來，卻引用了梁元帝的詩《採蓮賦》，他內心想到南朝宮廷男女嬉戲的場面上去了。還說"那是一個熱鬧的季節，也是一個風流的季節"，"可惜我們現在早已無福消受了"。這不是太矛盾了嗎？

不難看出：有兩個清華園，一個是平常的，一個是當天的。他寫的自己，也有兩個：一個是平常的，另一個是當天的，"超出了平常的自己"。這個自己和"平常的自己"有一個最大的不同，就是感到"是個自由的人"。"自由"在甚麼地方呢？就是"甚麼都可以想，甚麼都可以不想"。那麼，他想了些甚麼呢？這是很值得追究一下的。

用朱自清自己的話來說，就是"隨順我生活裏每段落的情意的猝發的要求，求每段落的滿足"。如果我們拿《荷塘月色》和他的《槳聲燈影裏的秦淮河》相對照，就不難看出朱先生內心的苦悶性質了。在《槳聲燈影裏的秦淮河》中，朱先生很誠實地寫出他本想聽一聽歌妓的歌喉，但囿於知識分子的矜持，拒絕了，可是內心又矛盾，失落。

　　朱自清於 1920 年北大畢業以後，到杭州一師教書，月薪 70 元。雖然已經寄給家裏一半，但還是不能滿足父母的要求。妻子兒女生活在家中，受着折磨。從《背影》中可知，1920 年以後朱自清的家境，已經非常慘淡。因為貧窮，與父親失和，為了減少矛盾，節約開支，朱自清回到家鄉任揚州八中的教務主任。由於庶母的挑撥，其父藉着和校長的私交，朱自清的薪水，被直接送到家裏，本人不得領取。迫於此，朱自清不得不接出妻兒，在杭州另組小家庭。1922 年，朱自清帶妻兒回揚州，打算與父母和解，結果不僅沒有解決矛盾，反而加深了精神上的痛苦。作者給其好友俞平伯的信中就寫道："暑假在家中，和種種鐵顏的事實接觸之後，更覺頹廢下去，於是便決定了我的剎那主義。"（所謂剎那主義就是從生命每一剎那間中均獲得意趣，使得每剎那均有價值。）② 後來，朱自清的父親因為考慮到孫子的教育問題，從朱自清處把兩個孩子接回揚州。朱先生的生母，也隨之一同回去。但是，父子關係一直沒有緩和。朱自清每月寄錢回家，往往得不到回信。他在《背影》中提到："家中光景是一日不如一日……他觸目傷懷……家庭瑣屑，便往往觸他之怒。他待我漸漸不同往日。"暑假中（也就是寫作《荷塘月色》的 7 月份），朱自清想回揚州，但是又怕難以和父親和解，猶豫不定。因而有"這幾天心裏頗不寧靜"之語。這一切都證明朱自清在漫步荷塘時感到的自由，在性質上是一種倫理的"自由"，是擺脫了作為丈夫、父親、兒子潛意識裏的倫理負擔，嚮往自由的流露，和政治性的自由是沒有直接關係的。這樣的解釋，如果不是更加切近朱先生的本意，至少也算揭示得比較深刻，提供了心理的和藝術的奧秘。當然，倫理的自由與政治的自由也不是沒有一點聯繫，前面所引用朱自清自己的話，就表明他也因為考慮到老婆孩子的責任問題，而不能絕對自由地作政治的抉擇。但是，我以為那是比較間接的，次要的。

當然，作品一旦公開，每個讀者都可以有自己的解釋，甚至可以有與作者不同的理解。但是，這樣的解讀，從作者心理方面，而不是單純從社會政治反映方面，提出了一種新思路。這種闡釋的理論基礎不是社會學的，而是心理學、倫理學的，涉及意識和潛意識的問題。

有了比較豐富的學理基礎，對人的心靈的理解就能比較自由了。但要真正把文本解讀得深刻，還要下苦工夫。

真正的人文精神，是在作品之中的，不是在文本之外的。但越是偉大的作家，越是深刻的傾向，往往越是隱蔽，有時，就潛藏在似乎平淡的、並不見得精彩的字句中。一般讀者，常常視而不見，解讀的功夫就在這些地方，所謂於細微處見精神。

　　光是在字句上理解人文精神是不夠的。要從字裏行間揭示出來才算到位，要從作品中、從文本中分析出來，這樣才是活生生的。

註：

① 高遠東《〈荷塘月色〉：一個精神分析的文本》，《中國現代文學研究叢刊》，2001 年第 1 期。

② 亞東圖書館 1924 年版《我們的七月》一書中收了朱自清致俞平伯的三封殘信。信中提到了這樣的思想。

在政治幻想和藝術
幻想之間掙扎

——解讀李白的《下江陵》

李白有一首絕句《下江陵》：

朝辭白帝彩雲間，千里江陵一日還。

兩岸猿聲啼不住，輕舟已過萬重山。

全詩篇幅不長，卻經歷了千年以上的嚴峻考驗，至今仍然保持着藝術感染力。有人說，這反映了長江中游的壯麗江山；有人說，是表現詩人的豪情。前者是反映論，後者是表現論。但是都不得要領。因為不管是反映客觀還是表現主觀，都不是原封不動地把現實和情感搬到作品中，而是經過了詩歌想像的重新熔鑄。

情感的表現和語言表達是不一致的，其間有矛盾。分析從還原開始。

第一句，"彩雲間"說的是，高；第二句，"一日還"說的是，快。事實上，有沒有那麼快呢？可能沒有。古人

形容馬跑得快用 "日行千里，夜行八百"。小木船，能趕得上千里馬嗎？沒有那麼快，偏偏要說那麼快。這不是 "不真實" 嗎？

這個矛盾要揪住不放。關鍵是藝術家日行千里的感覺由情感(歸心似箭) 決定。超越了客觀的、包含着深厚情感的感覺，叫做審美的感覺，或者叫做藝術感覺。藝術感覺的特點就是不客觀，與通常的感覺相比，它是發生了變異的。只有從變異了的感覺中，讀者才能體驗到他的感情。正常的理性的感覺，對讀者沒有衝擊力。如果李白把日行千里，改為日行幾百里，可能比較實事求是，但卻不能衝擊讀者的感覺，不能讓讀者體驗到強烈的感情。

拘泥於客觀的、理性的感覺，就不藝術了。

經過這樣的分析，出現了第一層矛盾：藝術感覺是不客觀的，甚至可以是不 "真實" 的，但是它能充分表達感情，表達真誠的情感。

第二層矛盾是：既然快了，就產生一個問題，越是快，越是不安全。當年三峽有礁石，尤其是瞿塘峽，那裏的礁石更是厲害。

光是靠想像去還原，在比較複雜的問題上，是不夠的。要更有效地還原，就得藉助一點歷史文獻。關於三峽的文獻真是太多了。杜甫晚年的《夔州歌十絕句 (其一)》就是現成的：

> 白帝高為三峽鎮，
> 瞿塘險過百牢關。

此外還有古代歌謠：

> 灩澦大如馬，瞿塘不可下；
>
> 灩澦大如猴，瞿塘不可游；
>
> 灩澦大如龜，瞿塘不可回；
>
> 灩澦大如象，瞿塘不可上。

酈道元的《水經注》中提到三峽的黃牛灘曰：

> 江水又東逕黃牛山，下有灘，名曰黃牛灘，南岸重嶺疊起，最外高崖間有石，色如人負刀牽牛，人黑牛黃，成就分明，既人跡所絕，莫得究焉。此岩既高，加以江湍紆回，雖途逕信宿，猶望見此物。故行者謠曰：「朝發黃牛，暮宿黃牛，三朝三暮，黃牛如故。」言水路紆深，回望如一矣。

這些都說明，船行三峽並不是那麼順暢的，而是迂迴曲折的，不是一天就可以通過的，光是黃牛灘，就可能要三天三夜。

劉白羽在《長江三日》裏想像當年的情景說：「你可想像得到那真是雷霆萬鈞，船如離弦之箭，稍差分厘，便撞得個粉碎。」

但是，如此險惡的航行，在將近六十高齡的李白心目中居然不在話下。這更說明，李白當時是如何的歸心似箭了。由於歸心似箭，將近六十花甲的老人居然發出青春煥發的歌唱。

有學者考證，李白這首寫得青春瀟灑的詩，居然是他從流放途中歸來之作。他一生只有兩次從長江上游向中下游航行。早年是因為出川，晚年則是充軍歸來。在兇險的航行中，一個年近花甲的老詩人，剛剛從“充軍”途中歸來，居然還能保持青春的感覺，這不能不說是很難得的。只有李白才有這樣的氣魄。

特別要提醒的是，寫這首詩的時候，李白正經歷一場政治上的災難。

在一般讀者心目中，李白是個偉大的詩人。在詩歌的境界中，他的想像的確是超凡脫俗的。但不幸的是，他總要把這種超越現實的想像引申到現實生活中來。他寫文章，而且是寫一本正經的實用文章的時候，老是幻想自己是個政治家，一個高級政治家，他自誇：“奮其智慧，願為輔弼”（《代壽山答孟少府移文書》），也就是說自己可以當個安邦定國的宰相。但是，他確實並沒有甚麼政治才能。詩人把情感看得比甚麼都重要的審美心態，與政治實踐水火不相容。他口頭上是很瞧不起權貴的，說巴結權貴是“摧眉折腰事權貴”，心情很難受。再加上他那“自由散漫”的性格，更是與官場等級制度不能相容。杜甫《飲中八仙歌》中說他瀟灑得“天子呼來不上船，自稱臣是酒中仙”，可能並沒有誇張失實。但李白也有俗氣的一面。他也

是很巴結天子和天子周圍的人的。他在長安，好不容易
得以接近最高政治集團，和皇帝有了來往，也是挺得意
的。可惜他並沒有抓住機會，沒有做出甚麼政治貢獻。
有時，他對於一些權貴，甚至不能不説是有點諂媚的。
在他留存下來的詩歌中，就有些不太高明的歌功頌德之
作，比如在《清平調詞三首》中，他奉皇帝的命令歌頌
楊貴妃：

> 雲想衣裳花想容，春風拂檻露華濃。
> 若非群玉山頭見，會向瑤台月下逢。
> 一枝紅豔露凝香，雲雨巫山枉斷腸。
> 借問漢宮誰得似？可憐飛燕倚新妝。

　　他奉承楊貴妃是瑤台月下的仙女（"若非群玉山
頭見，會向瑤台月下逢"），可以比得上漢朝著名的宮
廷美女趙飛燕之類（"借問漢宮誰得似？可憐飛燕倚新
妝。"）。如果是歌頌皇帝一般的小老婆，當時，特別是
後世的讀者，大都可以寬容。但楊貴妃偏偏名聲很壞，
被認為和她的哥哥楊國忠一起弄權，妒賢害能，腐敗專
權，最終釀成了安史之亂。在皇帝逃難的途中，臣子們
對楊家兄妹的憤恨居然引起了兵變，結果是這權傾一時
的貴妃被殺。可見當時她的民憤之深。李白卻偏偏歌頌
了這樣一個人物，雖然吃力不討好，但畢竟是在他的人

格和詩篇上留下了污點。也許，就是為了替他掩蓋這一點，一些愛好他的詩歌的人士，炮製了一些傳奇小説，説他對楊貴妃如何傲慢。

就算這樣諂媚，皇帝還是不欣賞他，他還是免不了被皇帝"賜金放還"。他的政治命運注定是坎坷的。正如杜甫後來回憶説："冠蓋滿京華，斯人獨憔悴。"這時李白不能不強打精神，做出一副瀟灑的姿態，離開長安，雲遊名山大川，求仙問道。這時候的詩人又沉浸在另一種幻覺中，時常覺得自己飄飄欲仙，似乎有希望達到長生不老的境界。關於這一點，至今許多讀者弄不清，他究竟是真的相信長生不老之術，還是像杜甫所説的那樣"佯狂真可哀"（裝瘋賣傻）？但從他一系列詩作來看，遊仙和飲酒一樣，都有麻醉自己的功能。他在《春日醉起言志》中説："處世若大夢，胡為勞其生。所以終日醉，頹然臥前楹。"沉醉於自己製造的幻覺中，有一點是很真誠的，就是人世間不過是一場夢，用他自己的話來説，人生如"白駒過隙"而已，認真不得的。

唐明皇在逃難途中，把帝位傳給了太子，任命他為天下兵馬都元帥，同時讓其他兒子招兵買馬，征討叛亂。這時，在江南東道有個永王李璘，居四鎮之重，擴展地盤，想與中央抗衡。為給自己統治製造輿論基礎，在廬山附近把李白招致門下。

永王李璘把李白招到他的幕府裏去，給了他類似高級顧問的空銜。李白很興奮，他一連寫了 11 首《永王東巡歌》，其中一首是這樣吹自己的：

但用東山謝安石，

為君談笑淨胡沙。

他覺得自己和下下棋就輕輕鬆鬆把苻堅打敗了的謝安差不多。

中央王朝方面很快就發現南方兄弟有野心，立即派出了征討大軍，其中有一員大將，也是個詩人，就是寫出了名句"戰士軍前半死生，美人帳下猶歌舞"的高適，據稱他是唐朝詩人中官運最亨通的。結果李白當了俘虜，李璘死於非命。李白的罪名屬於大逆不道，在當時是很可怕的。年近花甲，還背上這樣的罪名，其處境之狼狽，可想而知。他在詩中只能抵賴，說甚麼"迫脅上樓船"之類。在《雪讒詩》中，他說得更明白："白璧何辜，青蠅屢前"，"擢髮續罪，罪乃孔多"。但這都是自說自話，欲蓋彌彰而已。也許有關當局覺得李白沒有多大危害性，再加上有人（宋若思）欣賞他，可能也從中為之緩頰，結果李白判了個流放夜郎（貴州桐梓）。可歎，天才詩人不瞭解自己，常常想讓自己"試涉霸王略"，想獲得更高的社會地位和榮譽（"將期軒冕榮"）。但是，李白一次又一次地碰釘子。最慘的時候，他竟然弄得如杜甫所說：

不見李生久，佯狂真可哀！

世人皆欲殺，吾意獨憐才。

到"世人皆欲殺"的程度，真是聲名狼藉了。王命不可違，雖然年近六旬，李白也只得踏上了充軍的路程。幸而，到了白帝城之後，關中大旱，剛即位的皇帝大赦天下。李白就在流放的半路上，被赦免了，這就是李白自己後來所説的"中道遇赦"。

這時的李白，心情當然是輕鬆無比的。不但罪名沒有了，而且可以和家人團聚了。青春焕發的感覺油然而生，居然不把三峽航道中的礁石和航行中的兇險放在心上。

一個從政治災難中走出來的老詩人，居然能有這樣輕鬆的感覺，甚至讓後世一些研究他的學者狐疑——不可思議，如此充滿青春朝氣的詩作，竟然出自一個花甲老人之手。但是，李白的可愛、可敬、可笑、可恨之處，全在這裏了。當然，他也做了一點檢討，説自己上永王的賊船是"空名適自誤"。這裏，起作用的不僅僅是他的心情，還有他那永不衰老的藝術想像。如果把心裏的輕鬆都直接説出來，用浪漫主義詩人的説法，自然流瀉（spontaneously overflow）出來——我心裏很輕鬆啊，我感覺很安全啊——也就不成詩了。

作為詩，一般來説，把感情直接説出來，是很難討巧的，感情是審美的核心，但是感情的直接表達是非常困難的，也是很難動人的。所以中國古典詩和西方許多古典詩歌一樣，經營出一種方法來讓讀者獲得感染。這種方法，就是把感情化為變異了的感覺，感情不易於直接感染人，而感覺，尤其是被感情同化了的、變異了的感覺卻具有感染人的功能。你説春天來了，很美啊！讀者是沒有感覺的，如果你像李白那樣説，"寒雪梅中盡，春從柳上歸”，讀者的感覺馬上就和你溝通了。有了藝術感覺，讀者不但能感覺到了，感情上也能受到感染了。

李白為甚麼覺得他的船非常輕鬆、非常安全地飛越了三峽呢？因為這是他心裏的感覺，歸心似箭。明明是他的心裏感覺到輕鬆，可他偏偏不說心裏輕鬆，不說“輕心已過萬重山”，而要說“輕舟已過萬重山”，就能讓人體驗到他那一身輕鬆，歸心似箭的情緒了。

古典詩話上說，李白這首詩的詩眼是一個“輕”字，似乎還不太恰切，因為它忽略了“輕舟”與“輕心”之間微妙的差異。而藝術的分析常常是在最微妙的地方見功夫的。

這首詩雖然很短，但這裏涉及的方法問題很重要。最主要的是，矛盾是分析的對象。首先要通過還原的想像把矛盾揭示出來。具體來說，李白營造的藝術感覺至少有下面三重矛盾：

1. 沒有那麼快，卻偏偏感覺到快得日行千里。
2. 沒有那麼安全，卻偏偏覺得安全得不得了。
3. 明明是心裏十分輕鬆，卻偏偏要說船非常輕。

當然，如果要把分析的精神貫徹到底，則不能不指出，這首詩雖然相當精彩，但也不是沒有一點缺點。在我看來，最明顯的瑕疵就是第二句“千里江陵一日還"的"還"字。這個字可能給人兩種誤解。第一,好像朝辭白帝城,晚上又可以回來的樣子;第二,好像李白的家,就在江陵,一天就回到家了。事實上,李白並不是要說一天就能回到江陵,他的家也並不在江陵。他這樣用字,一來是囿於酈道元《水經注》中"朝發白帝,暮到江陵"的傳說,二來是為了和"山"、"間"押韻。

　　李白當年寫這首詩,也許只是乘興之作,才氣所到,字句推敲不夠精細,也並不是沒有可能的。

無聲是一種美妙、幸福的音樂
——解讀徐志摩的《再別康橋》

沒有"離愁"的告別

　　一般來説，中國古典詩歌中，離別的主題大抵是與憂愁有關的。但是古典詩歌的主題到現代發生了變化，五四以後，無論是最早的康白情的《送別黃浦》，還是後來的殷夫的《別了，哥哥》都沒有離愁，現代的交通和交往方式與古代已經有根本的不同，送別時的感情肯定也比古代多樣化。徐志摩自己的名作《沙揚娜拉》雖然寫到離別的憂愁，但那是一種"甜蜜的憂愁"。怎能設想，當代詩人告別任何人物和景物時，一定要惆悵，只能有沉重之感，而沒有甜蜜之感呢？其實不要多高的欣賞水準。光是憑直觀就可以看出，《再別康橋》這首詩的風格特點是瀟灑、輕鬆，還有一點甜蜜。我們從這首詩的題目開始。"再別"，是一種告別，從原生語義來説，應該是和人告別，但這裏並沒有和人告別，這是第一層次矛盾。在這裏的語境中，用的是引申義，和母校的校園告別。但是下面的詩句明明說，並不是和校園告別，而是：

> 我輕輕的招手，
>
> 作別西天的雲彩。

　　第二層次的更深刻的矛盾擺在面前了。在現實生活中，有和雲彩告別的嗎？關鍵是和雲彩告別還要輕輕的，悄悄的。但根據還原法，既然是和雲彩告別，步子再大，再有聲響，也不可能驚動它。這說明，和雲彩告別不過是一種詩化的想像，通過這種想像，詩人回味自己美妙的記憶。和雲彩告別，就是和自己的記憶告別。為甚麼是輕輕的呢？就是因為他在和自己的內心、自己的回憶對話。這裏所寫的不是一般的回憶，而是一種隱藏在心頭的秘密。大聲喧嘩是不適宜的，只有把腳步放輕、聲音放低才能進入回憶的氛圍，融入自我陶醉的境界。

　　這是一個甚麼樣的境界呢？是一種夢的境界。詩中說得很明白，他說是到康橋的河邊上來“尋夢”的：“在浮藻間，沉澱着彩虹似的夢”，夢有過去、未來之別，“沉澱”，說明是過去的，不是未來的；是記憶深處的，不是表面的。所以要向“青草更深處”去追尋。夢是美好的，充滿了詩意的。詩中一系列美妙的詞語可以作為證明（清泉為虹、碧水為柔波、楊柳為新娘），那夢美好到他要唱歌的程度。

　　當他寫到“載一船星輝”，要唱出歌來的時候，好像激動得不能控制自己似的，但是，他又説，歌是不能唱出來的。這裏出現了一個理解這首詩的關鍵性的矛盾：既是美好的，值得大聲歌唱的，但是，又不能唱，"沉默是今晚的康橋"，因為，這是個人獨享的。這句表明這是詩人默默的回味，自我陶醉，自我欣賞。這種自我欣賞是秘密的，不能和任何人共用。連夏蟲都為他這種秘密的美好的記憶而沉默了。從這裏也可以看出，他的輕輕、悄悄，不是為了不驚動校園，相反，他強調的是，校園的一切都是為了成全他悄悄地回憶自己的秘密。"悄悄是別離的笙簫"，這種悄悄的獨享也是美好的，充滿詩意的。無聲是一種美妙的、幸福的音樂。

懂得了這一點，才能更好地理解、體驗最後一段：

> 悄悄的我走了，
> 正如我悄悄的來，
> 我揮一揮衣袖，
> 不帶走一片雲彩。

這是在默默的回味中離開了，"不帶走一片雲彩"説的是，從客觀世界，沒有帶走甚麼東西，帶走的是美好的回憶，這些東西不能和別人共用，是詩人自己私有的。帶走這樣的記憶，是精彩的、輕鬆的、瀟灑的。

發現 “單獨” 的美

徐志摩的《我所知道的康橋》中有一段，對還原徐志摩的心態有不可忽視的價值。徐志摩在這篇文章中特別強調欣賞風景，而單獨的自我陶醉是“第一個條件”：

> 單獨是一個耐尋味的現象。我有時想它是任何發現的第一個條件。你要發現你的朋友的“真”，你得有與他單獨的機會。你要發現你自己的真，你得給你自己一個單獨的機會。你要發現一個地方（地方一樣有靈性），你也得有一個單獨玩的機會。我們這一輩子，認真說，能認識幾個人？能認識幾個地方？我們都是太匆忙，太沒有單獨的機會。說實話，我連我的本鄉都沒有甚麼瞭解。康橋我要算有相當交情的，再次也許只有新認識的翡冷翠了。呵，那些清晨，那些黃昏，我一個人發癡似的在康橋！絕對的單獨。[①]

隔了幾段他又重複了幾次對“單獨”的讚美：

> 在康河連過一個黃昏也是一服靈魂的補劑。呵！我那時的蜜甜的單獨，甜蜜的閒暇。[②]

請注意，這裏強調的不僅是“單獨”，而且是“蜜甜的單獨"，正是這種單獨的、一個人的、無聲的"蜜甜"，才決定了這首詩"輕輕"和"悄悄"的基調。理解了這一點，才能辨別清楚，為甚麼徐志摩式的瀟灑和沉重、沉痛、哀傷不能相容。這種單獨的無聲美，不僅是情感的，而且是有理性和深度的：

> 我那時有的是閒暇，有的是自由，有的
> 是絕對的單獨的機會。說也奇怪，竟像是第一
> 次，我辨認了星月的光明，草的青花的香，流
> 水的殷勤。[③]

看不懂《再別康橋》的讀者往往忽略了這裏的"單獨"的美是和"自由"聯繫在一起的。

如果還要再深入還原一下的話，這裏可能有一個徐志摩不能明言的真正的秘密。這首詩寫於 1928 年 11 月，刊於同年 12 月《新月》（據卞之琳《徐志摩詩選集》）。1920 年 10 月上旬徐志摩在倫敦結識林長民、林徽因父女。徐志摩和林徽因二人"曾結伴在劍橋漫步"（據張清平《林徽因》）。1921 年林徽因隨父歸國。1928 年 3 月，林徽因與梁思成在加拿大結婚，遊歷歐亞到 8 月歸國。徐志摩此詩，作於當年 11 月，當為獲悉林梁成婚之後。據此，似可推斷，徐志摩此詩當與林有關。為甚麼輕輕、悄悄？就是因為，過去與林漫步劍橋的浪

漫回味已經不便公開了，不像他和陸小曼的關係，可以從《這是一個怯懦的世界》中覺察。而且他和陸小曼已經在一場轟轟烈烈的戀愛之後結婚了。值得注意的是，徐志摩的這首詩，寫得很優雅，很瀟灑，在他的精神世界裏，沒有一點世俗的失落感，更不要說痛苦了。這種瀟灑正是徐志摩所特有的，他只把過去的美好情感珍貴地保留在記憶裏，一個人獨享。藍棣之對此有過中肯的分析：" ' 不帶走一片雲彩' 一方面是說詩人的灑脫，他不是見美好的東西就要據為己有的人，另一方面，是說一片雲彩也不要帶走，讓康橋這個夢繞魂牽的感情世界以最完整的面貌保存下來，讓昔日的夢、昔日的感情完好無缺。"④ 其實只要在藍先生的基礎上，把《再別康橋》作過細的分析，就不難闡釋 "輕輕"、"悄悄" 的含義——實際上也就是一個人偷偷地來重溫舊夢。若能如此，當不難揭示全詩的精神密碼。

詩的藝術

　　如果還要深入一點作藝術分析的話，從中國新詩的藝術發展中，還可以作些歷史的比較。華茲華斯在《抒情歌謠集·序言》中曾說過 "一切的好詩都是強烈的感情的自然流露"（"powerful emotions spontaneously overflow"）。這是一種浪漫主義的詩歌美學的綱領，但新詩草創時期的郭沫若多多少少只是片面地理解了華茲華斯的話，因而他早期的詩歌往往以"暴躁凌厲"著稱，其實，華茲華斯還強調說，這種感情要經過沉思（contemplation）的提純。在郭沫若時新詩還只能比較自如地表現詩人的激情，而到了徐志摩則進了一步，不但可以表現激情，而且可以表現瀟灑的溫情了。這在中國新詩上，是一個巨大的歷史飛躍。如果對於新詩的藝術發展具有比較好的修養，還可以從《徐志摩詩全集》中找到他在五六年前寫過的一首《康橋再會吧》，那首詩就寫得比較粗糙、蕪雜。徐志摩把自己在康橋的生活羅列得太多，從五六年前告別家園寫起，先到美國，母親臨別的淚痕，在美國學習的情況，花去了近三十行以後，才寫到和康橋告別。於是又先寫自己一年中"心靈革命的怒潮"，次寫明年燕子歸來懷念自己。然後想像自己去身萬里，夢魂常繞康橋：

讀懂心靈

• 172

> 任地中海疾風東指
>
> 我亦必紆道西回，瞻望顏色
>
> 歸家後我母若問海外交好
>
> 我必首數康橋，在溫清冬夜
>
> 臘梅前，再細辨此日相與況味
>
> 設如我星明有福，素願竟酬
>
> 則來春花香時節，當復西航
>
> 重來此地，再撿起詩針詩線

繡我理想生命的鮮花，實現

年來夢境纏綿的銷魂蹤跡

接着就是一連寫了六個"難忘"，給人一種流水賬的感覺。對自己乘船歸國的過程捨不得割愛，甚至連歸國以後如何懷念母校，都寫到了。這樣的寫法，雖然表現了相當強烈的激情，但激情卻被蕪雜的過程和細節淹沒了。應該説，述及離別時的感情，倒是有一點痛苦的：

昨宵明月照林，我已向傾吐

心胸的蘊積，今晨雨色淒清

小鳥無歡，難道也為是悵別

情深，累藤長草茂，涕淚交零！

很明顯，這樣的詩句，還沒有完全脱出古典詩詞的窠臼，感情仍然在離愁別緒的模式中，所用語言，如"小鳥無歡"、"心胸的蘊積"、"悵別情深"、"涕淚交零"，都比較陳舊。這説明，徐志摩還不能擺脱舊詩詞情調和語言的拖累。到了《再別康橋》，不但情感脱出了古典詩詞的窠臼，語言也從純粹的接近口語的白話中提煉出來。但是，片面地擺脱舊詩詞的拖累，又可能落入散文的圈套，停留在早期的俞平伯、康白情、胡適、鄭振鐸、葉聖陶乃至周作人等人幼稚的大白話的水準上。徐志摩畢竟是才子，他很快就能輕鬆地駕馭着從西方浪漫主義抒情詩歌學來的構思方法，把意象和情緒集中在一個心靈的焦點上，這個焦點，不僅是一般事物意象的焦點，而且是一個動作的焦點。沒有這個焦點，他就不能擺脫從散文向詩歌昇華的第二個拖累。擺脫這兩個拖累，不但是徐志摩的任務，而且是新詩的歷史任務。不過五六年的工夫，徐志摩就學會了提煉，學會了精思，把感情集中在"輕輕"、"悄悄"，無聲地和"雲彩"作別的有機構思中。本來花一百五十多行都說不清的感情，用了三十幾行，就很精緻地表現出來了。從這裏可以看出，詩的構思集中到"輕輕"、"悄悄"上來，這種凝聚式的構思模式，正是新詩從舊詩和散文的束縛中解放出來的歷史里程碑。這不但是徐志摩的，而且是整個新詩的。

　　不作這歷史的還原，是不可能將這首新詩的經典的藝術價值充分闡釋清楚的。

註：

①②③　徐志摩《我所知道的康橋》，《中國現代散文選》（1918-1949）第二卷，人民文學出版社，1982 年，第 300、303、305 頁。

④　林志浩主編《中國現代文學作品選講（下）》，高等教育出版社，1987 年，第 57 頁。

余光中的四種鄉愁

余光中 1928 年出生，祖籍福建永春，他雖然長期生活在台灣、香港和美國，但對祖國大陸的懷念，也就是鄉愁是非常深厚的。余光中寫過很多詩集，主題廣泛，但是，他在讀者中影響最大的，就是鄉愁詩。他的鄉愁詩從 1958 年也就是他 30 歲左右寫起一直寫到現在已經 80 多歲了，寫了五十年，至今還沒有寫完。

第一種鄉愁

余光中最著名的鄉愁詩是《鄉愁》：

小時候
鄉愁是一枚小小的郵票
我在這頭
母親在那頭

長大後
鄉愁是一張窄窄的船票
我在這頭
新娘在那頭

後來啊
鄉愁是一方矮矮的墳墓
我在外頭
母親在裏頭

而現在
鄉愁是一灣淺淺的海峽
我在這頭
大陸在那頭

　　這首詩可以説家喻戶曉，紅遍了大江南北長城內外。鄉愁是余光中核心母題，他的名字就跟這首詩緊密的聯繫在了一起。

　　"小時候鄉愁是一枚小小的郵票"這句話很精彩，為甚麼呢？我們通常講鄉愁是一種情感，怎麼變成是一張郵票呢？通常我們這樣講：一張小小的郵票寄託着我的鄉愁。那麼"鄉愁是一張小小的郵票"好在哪裏呢？第一，這個意象非常富於感性，鄉愁是看不見，摸不着的，郵票，就可感了。第二，它非常集中，把整個鄉愁就凝聚在一張郵票上。那麼信封呢？信封，不説也行，有了郵票，就足以想像信封了。郵票比之信封更有特點，更有想像的啟發性，更美，更有感情的分量。這就叫做意象，意象的性質特徵的可感性和凝練性。

"我在這頭母親在那頭" 意思是説最為親密的母親不能直接相見。郵票的運用是人不能相見的結果。這個郵票意象，就不僅僅郵票了，而且蘊含着痛苦的情感。這就是意象的第二個性質，那就是凝聚着詩人的特殊的情感。這裏，已經暗示着由於大陸和台灣的睽隔了。"長大後 / 鄉愁是一張窄窄的船票 / 我在這頭 / 新娘在那頭" 郵票隔離了的是親情，而船票這個意象，隔離了的是愛情。船票這個意象，和郵票一樣是很精練的，一個小小的細節而已，而其感情的內涵卻是很深厚的。船票跟郵票，由於在結構上是對稱的，就把兩個本來非常普通，非常單純的意象的內涵結構性地深化了。這裏暗示的是，人都長大了，鄉愁的睽隔卻日益沉重。到第三段就進了一步了：

"後來啊 / 鄉愁是一方矮矮的墳墓 / 我在外頭 / 母親在裏頭" 這一段就是全詩的核心了，前面説小小的郵票雖然有阻隔，但是還能通信，甚至將來還有希望和母親新娘團聚。而一個小小的墳墓，這個意象就把郵票和船票的憂愁化為不可挽回的悲劇了。而詩句的平行結構的延伸，僅僅因為增加了一個意象，而使感情進入了沉重的高潮。這是親情和愛情的悲劇，個人命運的悲劇已經到了頂點。但是更為嚴峻的是：

> 而現在／鄉愁是一灣淺淺的海峽／我在這
> 頭／大陸在那頭

由於"海峽"這個意象的切入，地理的概念，也是政治的形勢的導入，個人的親情愛情的痛苦轉化為民族的悲劇。"一灣淺淺的海峽"，不要忘了"淺淺的"三個字。付出感情的代價這麼大，但是兩岸距離和海浪的深度並不大，地理行程和風險來說並不嚴重，但是付出一輩子的生命，兩代人的精神的沉重的代價卻沒不能解決這樣簡單的問題。

這首詩的情感非常深厚，表現的是民族的悲劇，但是意象非常單純，就是四個：郵票、船票、墳墓、海峽。意象平衡地在各自對稱的位置上的，但是，其間的聯繫是很有機的，從詞語的性質來說，就是四個名詞。抒情詩往往講究感情的強烈，因而形容詞往往相當誇張，可是這裏卻用了四個名詞承擔起了抒情的任務，這是很有氣魄的。當然，並非絕對沒有形容詞，可是非常簡單，只有四個，就是：窄窄的、小小的、矮矮的、淺淺的。表面上，一點誇張的色彩都沒有。但是，內在的矛盾卻是明顯的。雖然郵票、船票、墳墓、海峽，都是小小的、窄窄的、矮矮的、淺淺的，照理說，應該渡過去，應該是輕易的，但是，時間的漫長卻暗示了其難度的巨大。難度和輕易的對比，是這首詩明顯的特點。更有特點的是，這個對比所依仗的結構卻是平行的，四個章節之間，幾乎是沒有變化的，每節的結句均重複"這頭"、"那頭"，這在抒情詩歌中常用的手法叫做"複遝"。一連複遝了四次，為甚麼不顯得單調？因為排比中內涵遞進性深化：平靜的敍述中有逐漸嚴峻的危機，甚至到了"墳墓"（母親死了，不可挽回），構成強烈震撼。雖然章節的結構沒有變成，但是其意念，卻在層層遞進。從郵票、船票到墳墓再到海峽，情感的變化和不變的結構又構成張力。其中的意味就增漲了，一代人的生命的渴望，漫長的時間，從青春到壯年，眼看着不能實現。這裏所謂回鄉的渴望，實際是統一的渴望。

這就是我們要介紹的余光中的第一種鄉愁。

第二種鄉愁

余光中的"鄉愁"詩並不是從《鄉愁》開始，也不是從這首就結束了。余光中不止一次寫他的鄉愁。另外一首寫於 1971 年的《民歌》：

傳說北方有一首民歌
只有黃河的肺活量才能歌唱

從青海到黃海

風　也聽得見

沙　也聽得見

如果黃河凍成了冰河

還有長江最最母性的鼻音

從高原到平原

魚　也聽得見

龍　也聽得見

如果長江凍成了冰河

還有我，還有我的紅海在呼嘯

從早潮到晚潮

醒　也聽得見

夢　也聽得見

有一天我的血水也結冰

還有你的血他的血在合唱

從 A 型到 O 型

哭　也聽得見

笑　也聽得見

這是一首非常成功、非常精彩的詩句。他的思路這樣的層層遞進的：黃河結冰了，有長江的聲音；長江結冰了還有甚麼，我心裏的紅海，鮮紅的血液的聲音，可是有一天我心裏的血水也結冰了怎麼辦？他的詩說："還有你的血他的血在合唱"，大家都有鮮血，只要活着的人只要內心有熱血的人，從"A 型到 O 型"都是一樣的。A 型到 O 型這樣的語言很少進入詩歌，這是科學語言，余光中把它第一次帶到詩歌裏來，"哭 也聽得見，笑 也聽得見"不管是歡樂還是悲哀，都是有一種懷念祖國大陸的鄉愁的聲音。不管你是醒着還是睡着，不管你是哭着還是笑着，不管是整個世界變成冰河，只要你心裏有血，你總是不能忘記這首民歌，這首懷念故土的鄉愁的民歌。

其實這首詩的成就並不亞於《鄉愁》。它表達了余光中第二種鄉愁。他所用的手法跟前面的那首《鄉愁》一樣，是對稱的複遝的結構，不斷的反復，在反復中有變化，從最初的風和沙也聽得見，到後來的魚和龍也聽得見。再到後來的醒着和夢着也聽得見，到最後的哭着笑着也聽得見：感情不斷地提升，而且語言的節奏、句法結構沒有變化，意義卻在不斷地變化、不斷地提升，這就造成一種顫慄、一種繃緊的感覺，不斷提升，情緒的層次感非常強。

第三種鄉愁

除了這兩首以外，1974 年余光中又寫了一首詩叫
《鄉愁四詠》，這可以說是余光中的第三種鄉愁了。

給我一瓢長江水啊長江水

酒一樣的長江水

醉酒的滋味

是鄉愁的滋味

給我一瓢長江水啊長江水

給我一張海棠紅啊海棠紅

血一樣的海棠紅

沸血的燒痛

是鄉愁的燒痛

給我一張海棠紅啊海棠紅

給我一片雪花白啊雪花白

信一樣的雪花白

家信的等待

是鄉愁的等待

給我一片雪花白啊雪花白

給我一朵臘梅香啊臘梅香

母親一樣的臘梅香

母親的芬芳

是鄉土的芬芳

給我一朵臘梅香啊臘梅香。

　　這首詩獨具詩眼地選擇能覆蓋整個中國的意象，把長江水把祖國大地拿出來，營造出宏闊深邃而感人的意境，浩蕩出宏大氣魄。甚麼是海棠紅？原來，外蒙古曾是中國的一個部分。那時，中國的版圖不像現在一樣是一隻雄雞，而是像一片秋海棠的葉子。"給我一張海棠紅啊海棠紅"，就是完整的祖國領土的意思。下面說："家信的等待是鄉愁的等待"，為甚麼這樣寫呢？因為在台灣是見不到雪的，把雪和家信聯繫起來，"家書抵萬金"，也是難以等到的意思。從形式上看，全詩採用一詠三歎的形式，每章首尾兩長句反復吟誦，遙相呼應，帶有民間歌謠的風味、具有音樂的旋律。台灣作曲家羅大佑曾為此詩譜曲，廣為傳唱。

第四種鄉愁

　　余光中鄉愁詩我們已經介紹了三種，這三種在藝術上是比較傳統的，比較浪漫的，但是余光中並不是個固守傳統的人，他作為現代派詩人，有非常現代的一面。他在 1964 年寫過一首《月光光》：

月是冰過的砒霜

月如砒，月如霜

落在誰的傷口上？

恐月症和戀月狂

迸發的季節，月光光

幽靈的太陽，太陽的幽靈

死星臉上回光的反映

戀月狂和恐月症

祟着貓，祟着海

祟着蒼白的美婦人

太陰下，夜是死亡的邊境

偷渡夢，偷渡雲

現代遠，古代近

恐月症和戀月狂

太陽的膺幣，鑄兩面側像

海在遠方懷孕，今夜

黑貓在瓦上誦經

戀月狂和恐月症

蒼白的美婦人

大眼睛的臉，貼在窗上

我也忙了一整夜，把月光

掬在掌，注在瓶

分析化學的成分

分析回憶，分析悲傷

恐月症和戀月狂，月光光

月光在中國的傳統詩文裏面經常跟思鄉聯繫在一起，"牀前明月光，疑是地上霜。舉頭望明月，低頭思故鄉。""月亮彎彎照九州，幾家歡樂幾家愁。"都跟家鄉親人不能團聚的思念有關，月光都是美好的。而這一首詩中卻突破古典傳統的聯想，以"月是冰過的砒霜"這一突兀又新奇的意象開始，展開思緒的表達，是有其深刻含義的。砒霜，令人聯想起苦啊冷啊；月亮使他想到了故鄉，但不能夠回去，因而感到月光是苦味的"月如砒"。這個毒的感覺，現代而又深刻。為甚麼思鄉的情感是有毒的？因為太苦了。這還不夠，他又加上一句："落在誰的傷口上"，這麼苦、這麼冷、這麼毒，還在傷口上，由此可見痛苦有多深。"恐月症和戀月狂"，就是因為思念故鄉不能歸去，時間太長，以致看到月亮都害怕，嚴重到成了一種病，這種病叫做"恐月症"。而"戀月狂"又是甚麼意思？看見月亮就想故鄉，想得非常痛苦，還是戀戀不捨地看月亮，畢竟月亮讓人想到故鄉，哪怕想得痛苦，哪怕戀得都發狂，也痛快。

詩人一方面用了月亮傳統的、中國古典詩歌的聯想，一方面用了現代派的聯想，這種聯想非常曲折、跳躍很大。比如說月亮是砒霜，砒霜落在心靈的傷口上。從痛苦的望月，到望月之痛，如毒藥落在傷口。第二個曲折，從恐月症和戀月狂，包含着對立。最害怕見到它，對它又非常依戀；而且還依戀和害怕，都成了病症。下面，分析化學的成分，這化學有甚麼成分啊，其中有一種成分叫回憶。分析悲傷，這裏用的是科學語言，把科學語言變成詩歌語言，頗顯余光中作為現代詩人的功力。

這就是余光中的第四種鄉愁。

讀懂

道理

以詩明志，以身殉志

——解讀文天祥的《過零丁洋》

1278 年，文天祥在廣東五坡嶺戰敗被俘。當時，叛臣張弘範做了元軍的都元帥，他一再強迫文天祥招降仍在海上進行抗元鬥爭的張世傑，文天祥把《過零丁洋》這首詩拿給張弘範看，張無奈作罷。

> 辛苦遭逢起一經，干戈寥落四周星。
> 山河破碎風飄絮，身世浮沉雨打萍。
> 惶恐灘頭說惶恐，零丁洋裏歎零丁。
> 人生自古誰無死，留取丹心照汗青。

"辛苦遭逢起一經"，辛苦，說的是自己讀書還是比較刻苦的，但是自己受到朝廷的提拔，只是"遭逢"而已。這裏隱含着自己並沒有多大了不起的意思。這個意思，到了最後三個字"起一經"，就更為明顯了：自己的學識限於一種經典。中國古代文人中，很少有科舉考試的寵兒，能夠得中狀元的寥寥無幾。而文天祥對自己的科場榮譽，並不當一回事，這是為甚麼呢？因為自己已經被俘虜了，和大局相比，一切就都變得無所謂了，都可以放得開了。他心頭最放不開的，是歷遭挫敗的抗戰，"干戈寥落四周星"。

抗元志士

這裏有一些歷史實況，可以增加我們對他的理解。

1275 年正月，元軍東下，文天祥在贛州組織義軍開赴當時南宋的京城杭州。次年，他被任為右丞相兼樞密使。其時元軍已進逼杭州，他被派往元營談判，遭扣押。二月底，天祥與其客杜滸等 12 人夜亡入真州，復由海路南下，至福建與張世傑、陸秀夫等堅持抗元。1277 年，進兵江西，收復州縣多處。不久，為元重兵所敗，妻子兒女皆被執，將士犧牲甚眾，天祥隻身逃脫，乃退至廣東繼續抗元。後因叛徒引元兵襲擊，同年十二月，在廣東海豐縣被俘。

以上諸多情況可以作為"干戈寥落"的註解。

從語言上來說，"干戈寥落"和"四周星"，是並列片語，完整的語法結構應該是：干戈寥落如同四周天上的星星。其中省略了的，由讀者去自由想像。

"山河破碎風飄絮，身世浮沉雨打萍。"這兩句按照律詩的規定，對仗很工整。句法和上面的"干戈寥落四周星"一樣，都是並列片語，省略了兩個片語之間的動詞。

下面這一聯，也遵循了律詩對仗的規範。但從品質上來說，則是千古佳句。"惶恐灘頭說惶恐"，前面一個"惶恐"是地名，後面一個"惶恐"卻是心情。這樣的雙關，表明了作者語言駕馭才能的不凡。更不凡的是，後面的"零丁洋裏歎零丁"，地名與心情的巧合，居然能在詞性、語義和平仄上構成如此工整的對仗，更是難能可貴。這令人想起杜甫的《聞官軍收河南河北》中的"即從巴峽穿巫峽，便下襄陽向洛陽"，前面一句兩個地名（巴峽、巫峽）相對，後面一句兩地名（襄陽、洛陽）相對，這種雙重對稱在中國古典詩歌中，是語言駕馭的最高成就。文天祥可能是受到過杜甫這種"四柱對"的影響。但他並不是簡單重複，應該說多少有些發展：杜甫駕馭的是兩組現成的地名，而文天祥則把兩個地名（惶恐灘、零丁洋）轉化為兩種心情（惶恐、零丁）。

杜甫沒有中過狀元，他把自己科舉失敗老老實實地寫在詩裏（《壯遊》："忤下考功第"）；文天祥雖然中過狀元，詩才卻遠遜於杜甫。他留存下來的詩作，顯得才氣薄弱，與杜甫比，相去甚遠；然而這一聯，卻給後世以難以望其項背的感覺。

生死宣言

這首詩之所以能夠流傳千古，也許倒並不是他在技巧上有一種遠追前賢的感覺，而是因為下面這兩句：

> 人生自古誰無死，
> 留取丹心照汗青。

從表面上看，這兩句幾乎沒有多少技巧可言，就是直接抒情；但是，"丹心照汗青"，還是有琢磨的空間的。丹，是紅，丹心就是紅心；但又不完全相同，最明顯的是，不能改成"留取紅心照汗青"。古代漢語的傳統意蘊經過漫長的歷史積澱，其文化聯想是相當穩定的。"丹心"，屬古典話語，和"忠心"相聯繫；而"紅心"，則是現代革命話語，屬於另外一個體系的文化積澱。"丹心"和"汗青"，當中一個"照"字，用得很自然，不着痕跡。這裏有一種光的感覺，不但是丹心的光，而且是汗青的光，二者映襯，在色彩上自然而然地構成和諧的反襯，"汗青"的古典意蘊，和"紅心"的現代革命意蘊就構不成這種心照不宣的反襯。

這首詩中最具震撼力的，不完全在修辭，而在這兩句統一為人格的宣言。但如果沒有後面的修辭的講究，只是一味的心靈直白，人格宣言也可能變得很抽象。這兩句有機地統一起來，文天祥的生命宣言就昇華為格言了。

這是人的最高境界，也是詩的最高境界。

文天祥的詩之所以可貴，不但因為他的詩，而且因為他的人。許多天才詩人把生命奉獻給了詩歌，以詩歌為生命；而文天祥則是以生命為詩歌，以生命殉國，以生命殉詩。

這樣的人不但贏得了世人的尊崇，而且贏得了敵人的尊重。文天祥被押送大都（今北京），囚禁四年，面對種種誘惑，他毫不動搖，即使面對降元的宋恭帝和當時元朝皇帝忽必烈的親自勸降，他也一概嚴詞拒絕，就算對方把丞相位置給他保留着，他仍然不為所動。無奈之下，忽必烈只好下令處死文天祥，以成全其偉大氣節。他死後，在他的衣襟上發現了以下幾句話：

> 孔曰成仁，孟曰取義。
>
> 而今而後，庶幾無愧！

這和“人生自古誰無死，留取丹心照汗青”以及他在被囚期間所寫的《正氣歌》中的“時窮節乃見，一一垂丹青”相比，一為四言，一為五言，一為七言，可為互文闡釋。文天祥反覆發出生命的宣言：人生不免一死，但最高的價值，在歷史的評價。

文天祥的軀體雖然倒下了，但他的精神卻升上了歷史的高度。

不應該忽略的是，文天祥這樣視死如歸，並不是對生命沒有熱情，相反，他在青年時代還是一個風流才子。可能是出於"為賢者諱"的善良動機，後代將他有關青樓豔遇的詩文從文獻中刪除了。從這裏也可看出，他的個性是很豐富的。但這一點並不能掩蓋他人格的光輝。中國古代大詩人，有這種嗜好的比比皆是，如李白"載妓隨波任去留"，杜牧"贏得青樓薄倖名"，至於柳永等人花街柳巷的故事，更傳為風流佳話。問題在於，一旦國家有難，是不是能表現出真正的責任感來。在這一點上，不少大詩人留下了遺憾（如，王維在安史之亂中被署偽職，事後以陷賊官論罪；李白上了永王李璘的賊船，弄到"世人皆欲殺"的程度）。從這一點來看，不論是作為一個人，作為一個大臣，還是作為一個詩人，文天祥都不愧為傳統文化的精英。

花木蘭是英勇善戰的
"英雄"嗎

——解讀《木蘭辭》

為甚麼沒有戰爭的描寫？

英雄是甚麼呢？英雄就是保家衛國的，會打仗的，很勇敢的。《木蘭辭》這首詩裏面，寫打仗一共幾行？"朝辭爺娘去，暮宿黑水頭，不聞爺娘喚女聲，但聞燕山胡騎鳴啾啾。"這是不是打仗呢？不像，寫的是行軍。"萬里赴戎機，關山度若飛。"是不是打仗呢？還是行軍。"朔氣傳金柝，寒光照鐵衣。"是不是打仗呢？還是不太像，是宿營。"將軍百戰死，壯士十年歸。"這可以說是打仗了。但是，第一，從詩行來說，何其少也，只有兩行，而且嚴格來說，只有一行。因為"壯士十年歸"這一行，寫的不是打仗，而是凱旋。然而就是"將軍百戰死"這一行，也不是正面描寫戰爭，而是概括性很強的敍述，打了十年，上百回戰鬥，將軍都犧牲了。就這麼區區一行，可以說是敷衍性的筆墨，幾乎和花木蘭沒有甚麼關係。作者想不想寫她浴血奮戰？她在戰爭中的英勇是全詩的重點還是"輕點"？為甚麼作者把戰爭場面輕輕一筆帶過就"歸來見天子"了？戰爭真是太輕鬆了。這樣寫戰爭，是不是作者在追求一種惜墨如金的風格？好像不是。但是文本又不像敷衍了事隨便寫寫的，該着重強調的地方，甚至不惜濃墨重彩。光寫這個女孩子為父親擔心，決心出征，寫了多少行呢？十六行：

> 唧唧複唧唧，木蘭當戶織。不聞機杼聲，唯聞女歎息。問女何所思？問女何所憶？女亦無所思，女亦無所憶。昨夜見軍帖，可汗大點兵，軍書十二卷，卷卷有爺名。阿爺無大兒，木蘭無長兒，願為市鞍馬，從此替爺征。

然後寫備馬（從這裏可以感到當時農民的負擔是如何重，參軍還要自己花錢去買裝備），寫了多少行呢？四行：

> 東市買駿馬，西市買鞍韉，南市買轡頭，北市買長鞭。

接着寫行軍中，對爹娘的思念，又是八行：

> 旦辭爺娘去，暮宿黃河邊，不聞爺娘喚女聲，但聞黃河流水鳴濺濺。旦辭黃河去，暮至黑山頭，不聞

爺娘喚女聲，但聞燕山胡騎鳴啾啾。

這八行是對稱的，意思是相同的，本來四行就夠了，但作者冒着重複的風險，寫得如此鋪張，句法結構完全相同，和前面的四行相比，只改動了幾個字，幾乎沒有提供任何新資訊。奏凱歸來以後，作者寫家庭的歡樂，用了六行，寫花木蘭換衣服化妝，又是六行：

爺娘聞女來，出郭相扶將；阿姊聞妹來，當户理紅妝；小弟聞姊來，磨刀霍霍向豬羊。開我東閣門，坐我西閣牀，脱我戰時袍，着我舊時裳，當窗理雲鬢，對鏡貼花黄。

如果作者的意圖是要突出木蘭作為戰鬥英雄的高大形象，這可真是有點本末倒置了。

不想當 "英雄" 的英雄

問題的要害在於兩個方面。

第一，花木蘭參加戰爭，戰鬥的英勇卻不是本文立意的重點。立意的重點在哪裏？這個經典文本最起碼的特點是，描寫了一個女英雄。戰爭的責任本來並不在她。她之所以成為英雄，是因為她承擔了"阿爺"、"長兄"，也就是男性的職責。這個職責如果僅僅限於家庭，她不過是個一般意義上的假小子、鐵姑娘，作為撐持家業的頂樑柱而已。但是，木蘭主動承擔的責任，不僅僅是家庭的，而且是國家的。她為國而戰，立了大功（"策勳十二轉"），作出了卓絕的貢獻，卻並不在乎，甚至沒有表現出成就感，這和一般以男性為主人公的作品，光宗耀祖、富貴還鄉的炫耀恰恰相反。她拒絕了"尚書郎"的封賞，除了一匹快馬以外，別無他求。她要回到故鄉，享受平民家庭的歡樂。這個英雄的內涵，從承擔起"家"的重擔開始，到為國立功，最後又回到家庭、享受親情的歡樂。文本突出的是一種非英雄的姿態。這是個沒有英雄感的平民英雄，是英雄與非英雄的統一。更為深刻的是，她不但恢復了平民百姓的身份，而且恢復了女性的身份。這個英雄的內涵不單純是沒有英雄感的平民英雄，更深邃的內涵是不忘女性本來面貌的女英雄。她唯一感到得意之處，就是成功地掩蓋了女性性別：

出門看火伴，火伴皆驚忙：同行十二年，不知木蘭是女郎。

這些"火伴"當然應該是男性。"驚忙"兩字，不可輕易放過，這不但是自鳴得意，而且是對男性得意的調侃，顯示了女性細膩的心理的優越。

這一點，不是以今擬古的妄測，是有歷史還原根據的。這種女子英雄主義觀念，在當時的民歌中，可能不是孤立的現象，我們在北方其他民歌中不難找到類似觀念的表現，如《李波小妹歌》：

> 李波小妹字雍容，褰裳逐馬如捲蓬。左射右射必疊雙。婦女尚如此，男子安可逢？

不過多數女子英雄不像木蘭這樣與戰爭相聯繫，而是以大膽追求自由的愛情，忠於家庭、丈夫，不受利誘為主的，如《陌上桑》、《羽林郎》。

樸素的民歌情趣

第二，本文在寫作上，表現了某種矛盾的傾向。一方面，該簡略的地方可以説是惜墨如金，連花木蘭怎樣打仗都不著一字，百戰之苦、十年之艱，一筆帶過。另一方面，該鋪張的時候，可謂不惜工本，極盡渲染之能事。這種渲染又不是常見的比喻形容，而是一種特殊的鋪張：

> 東市買駿馬，西市買鞍韉，南市買轡頭，北市買長鞭。

幾乎沒有一個讀者發出疑問：馬有這樣買法的嗎？這不是有點折騰？還有：

　　開我東閣門，坐我西閣牀。

這不是有點文不對題嗎？開了東邊的門卻坐到西邊的牀上去。更有甚者：

　　問女何所思，問女何所憶。女亦無所思，女亦無所憶。

本來一句話就可以講清楚的，為甚麼要花上四句？但是，讀者的確並沒有感到拖遝，原因是這裏有一種動人的情調。這是一種平行的鋪張，文人作品往往是迴避這種平面式的鋪開的，文人的渲染更強調句法的錯綜變幻。而這種鋪張能夠喚起讀者閱讀經驗中關於民間文學所特有的（可能與某種說唱的傳統手法有關）情調。在這樣的鋪張中有一種天真樸素的情趣，這情趣在南北朝民歌中是屢見不鮮的，如：

　　江南可採蓮，採蓮何田田！魚戲蓮葉東，魚戲蓮葉西。魚戲蓮葉南，魚戲蓮葉北。

又如《焦仲卿妻》（即《孔雀東南飛》）：

青雀白鵠舫，四角龍子幡，婀娜隨風轉。

金車玉作輪，躑躅青驄馬，流蘇金縷鞍。

又如《陌上桑》：

青絲為籠繫，桂枝為籠鈎。頭上倭墮髻，
耳中明月珠。緗綺為下裙，紫綺為上襦。

這種渲染的特點還在於，全部是同樣句法正面的描述，不用比喻，也沒有直接的抒情，但是在這種鋪張的敍述中，隱含着一種天真的、稚拙的、樸素的、讚賞的情趣。

但是，《木蘭辭》與一般南北朝樂府民歌有所不同，這裏的一些筆墨，和鋪張是相反的，那就是語言的高度精煉，如前面已經提到過的：

萬里赴戎機，關山度若飛。朔氣傳金柝，
寒光照鐵衣。

前面兩句運用句法結構的對稱，提高了空間的概括力。萬里關山，就這麼輕鬆地帶過去了。要不然不知要花多少筆墨才能從被動的交代中擺脫出來。但是，這兩句，從形象的感性來說，畢竟還是比較薄弱了一些，後面兩句則把對稱結構提升到對仗的水準。連平仄都是交替相對的。作者大膽省略了萬里關山的無限生活細節，只精選了四個名詞（朔氣、金柝、寒光、鐵衣）和兩個動詞（傳、照）緊密地結合成一個有機的意象群體，就把北地邊聲、軍旅苦寒的感受傳達出來了，憑藉其密度和張力，率領讀者的想像長驅直入，進入視通萬里的境界。這顯然不是民歌樸素的話語方式，而是文人詩歌的想像模式的運用。

當然，作者也並不一味拒絕比喻。本來全文幾乎都是敘事，從出征到凱旋，幾乎沒有甚麼形容，更沒有用過比喻。到了最後，作者居然在故事結束以後，在文中第一次使用比喻，這是一個很複雜的比喻，有兩個喻體：

雄兔腳撲朔，雌兔眼迷離；雙兔傍地走，安能辨我是雄雌！

這個比喻內涵豐富，強調的是男女在直接可感的外部形態方面本來有明顯的區別，可是這種區別不重要，通過化裝輕而易舉地消除了以後，女性完全可以承擔起男性對於家和國的重擔。也許這個意義太重要了，因而經受住了近千年的歷史考驗，直到今天，"撲朔迷離"不但在書面上，而且在口頭上仍然具有很強的生命力。

文本分析就是要去掉一般化的、現成的、空洞的英雄的概念，像剝筍殼一樣，把文本中間非常具體的、微妙的內涵揭示出來，原來這個經典之所以成為經典，就是因為它重構了一種"英雄"的概念，這是非常獨特的，和我們心目中的概念是不一樣的，要防止被武松、岳飛，這些現成的英雄概念遮蔽住了。

從文化學上來說，這個英雄的觀念具有顛覆性。漢語裏的"英雄"概念本來是指男性，英是花朵、傑出的意思，可是像花朵一樣傑出的人物，只能是男性（雄）。把花木蘭叫做英雄，詞意內涵是有矛盾的。她是個女的，還要叫她"英雄"，不通，應該叫做"英雌"。把她叫做英雄，就是改變了（顛覆了）原本的"英雄"的觀念。我們就是從文本出發，揭示出這個經典文本裏"英雄"觀念的特殊性。

"愚公"還是"智公"，"智叟"還是"愚叟"
——解讀《愚公移山》

閱讀本文要注意四點：

第一，這是一篇寓言，是虛構的，不是歷史的，也不是有關地貌變動的描述，其中有關山脈位置的變遷，都是想像。

第二，雖然是虛構、想像，但並不是隨意的，有一定的分寸。故事的可信性可以用太行山、王屋山的現今位置印證，正如"夸父追日"中的"鄧林"，要以河南、湖北、安徽三省交界處大別山中的"鄧林"來印證一樣。愚公移山的故事不過是對這兩座山為甚麼在這個位置上的一種解釋，作者沒有把這兩座山搬到任何別的地方去的自由。

第三，無限的人力勝過有限的山，這是一種情感、意志，但在實踐中是不可能的，這個漏洞，作者在文章的最後用了一個幻想的"操蛇之神"把它堵住了。

在與智叟辯論時，從理論上說，愚公有相當有力的論據，就是他的勞動力（"子子孫孫"）是"無窮匱"的，而兩座山的體積，卻是有限的（"山不加增"），以無限勝有限，只是個時間問題。河曲智叟似乎是理屈詞窮，弄到"亡以應"的程度。

第四，這只是在口頭辯論上一時的急智，與其說是愚公理論的勝利，不如說是智叟一時的語塞。因而作者並沒有把愚公這套理論付諸實踐——以愚公的兒孫輩移山的實踐來證明其正確。相反，故事到了最後，作者並沒有安排愚公把山移走，這說明作者意識到愚公的移山壯志在實踐上是行不通的。他的勝利，不在實踐，而在精神。作者讓操蛇之神害怕了（"懼其不已"），報告了天帝，天帝被愚公的"誠（心）"感動了（"帝感其誠"），命令兩個大力士把山搬走了。

這說明，故事的主旨並不在於移山的實踐，而在於移山這樣的頑強意志。

故事留下了一個疑問，既然是神話，超越現實的想像，為甚麼不讓愚公用實踐來證明自己呢？這就讓我們感覺到，即使是幻想，也不能太自由，還是要受現實的一系列限制。首先，河曲智叟提出的問題，和愚公妻子提出的是一樣的。妻子的話是：

> 以君之力，曾不能損魁父之丘，如太行、王屋何？

河曲智叟的話是：

以殘年餘力，曾不能毀山之一毛，其如土石何？

人力之渺小和大自然的宏大不成比例，並不是沒有道理。但愚公並沒有切實回答這個嚴峻的問題。對於智叟提出的把山往哪兒放的問題，他也沒有認真思考，就聽從了亂紛紛的、七嘴八舌的議論（"雜曰"），說是把它丟到渤海裏去，就匆匆忙忙地動工了。這是不是有可行性呢？是不是可持續發展呢？愚公沒有考慮。其次，只憑手工業式的工具（"擔"、"箕畚"）能夠把山移走嗎？這個問題，甚至沒有人提出。再次，自願參加的人數是有限的，只有自己的子孫和極少數志願者（鄰居的孩子）。這就說明勞動力並不如愚公和智叟辯論時所說那樣"無窮匱也"，而是有限的。而且，這樣的組織形式，子子孫孫看不到有任何經濟效益，能夠長期堅持嗎？

正是因為這樣，作者最後，也顯示了對愚公的保留，不是讓愚公，而是讓神力把山移走。

可見理解本文不能不從語言上分析兩個關鍵字：愚公、智叟。

作者把決心挖山的"正面人物"，叫做"愚公"，把"反面人物"叫做"智叟"，含有比較豐富的意蘊。其中至少有兩層意思。第一層，從表面來看，愚公是不愚的。他的頑強意志是光彩的，不但對大自然堅持不懈地搏鬥，而且在世俗之見面前也不動搖。這是充滿詩意的，這和諺語"世上無難事，只要肯登攀"，是異曲同工的。

從堅信人的精神力量這一點上講，愚公是很有智慧的，可以叫做"智公"。叫他"愚公"，是一種反語，應該是打上引號的。文章並沒有打上引號，可能是因為中國古籍原本一概沒有標點符號，即使作者有諷喻的意圖，也無從以標點符號來表達，而在二十世紀初新式標點發明以後，標點者也不敢隨意把自己的理解放到經典文獻中去。與愚公相對比，智叟不相信"人定勝天"，是不智的，應該叫做"愚叟"，叫他"智叟"，是一種反諷。從這裏可以看出，作者給自己作品中的人物取名字的時候，就包含着對世俗觀念的諷喻。

第二層，"愚"與"智"之間從不同的角度分析，是不難轉化的。作者雖然反諷，但傾向是明顯的，"愚"者叫做"公"，而"智"者叫做"叟"。"公"是老公公，"叟"是老頭子。文字上的微妙不可忽略。

商務印書館 📖 讀者回饋咭

　　請詳細填寫下列各項資料，傳真至2565 1113，以便寄上本館門市優惠券，憑券前往商務印書館本港各大門市購書，可獲折扣優惠。

所購本館出版之書籍：＿＿＿＿＿＿＿＿＿＿＿＿＿＿＿＿＿＿＿＿＿＿＿＿＿＿＿＿

購書地點：＿＿＿＿＿＿＿＿＿＿＿＿＿＿　姓名：＿＿＿＿＿＿＿＿＿＿＿＿＿＿＿

通訊地址：＿＿＿＿＿＿＿＿＿＿＿＿＿＿＿＿＿＿＿＿＿＿＿＿＿＿＿＿＿＿＿＿＿

電話：＿＿＿＿＿＿＿＿＿＿＿＿＿＿＿　傳真：＿＿＿＿＿＿＿＿＿＿＿＿＿＿＿＿

電郵：＿＿＿＿＿＿＿＿＿＿＿＿＿＿＿＿＿＿＿＿＿＿＿＿＿＿＿＿＿＿＿＿＿＿＿

您是否想透過電郵或傳真收到商務新書資訊？　1□是　2□否

性別：1□男　2□女

出生年份：＿＿＿＿＿年

學歷：　1□小學或以下　2□中學　3□預科　4□大專　5□研究院

每月家庭總收入：1□HK$6,000以下　2□HK$6,000-9,999
　　　　　　　　3□HK$10,000-14,999　4□HK$15,000-24,999
　　　　　　　　5□HK$25,000-34,999　6□HK$35,000或以上

子女人數（只適用於有子女人士）　1□1-2個　2□3-4個　3□5個以上

子女年齡（可多於一個選擇）　1□12歲以下　2□12-17歲　3□18歲以上

職業：1□僱主　2□經理級　3□專業人士　4□白領　5□藍領　6□教師　7□學生
　　　8□主婦　9□其他

最多前往的書店：＿＿＿＿＿＿＿＿＿＿＿＿＿＿＿＿＿＿＿＿＿＿＿＿＿＿＿＿＿

每月往書店次數：1□1次或以下　2□2-4次　3□5-7次　4□8次或以上

每月購書量：1□1本或以下　2□2-4本　3□5-7本　2□8本或以上

每月購書消費：1□HK$50以下　2□HK$50-199　3□HK$200-499　4□HK$500-999
　　　　　　　5□HK$1,000或以上

您從哪裏得知本書：1□書店　2□報章或雜誌廣告　3□電台　4□電視　5□書評/書介
　　　　　　　　　6□親友介紹　7□商務文化網站　8□其他（請註明：＿＿＿＿＿＿＿＿＿）

您對本書內容的意見：＿＿＿＿＿＿＿＿＿＿＿＿＿＿＿＿＿＿＿＿＿＿＿＿＿＿＿

＿＿＿＿＿＿＿＿＿＿＿＿＿＿＿＿＿＿＿＿＿＿＿＿＿＿＿＿＿＿＿＿＿＿＿＿＿

您有否進行過網上購書？　1□有　2□否

您有否瀏覽過商務出版網（網址：http://www.commercialpress.com.hk）？1□有　2□否

您希望本公司能加強出版的書籍：1□辭書　2□外語書籍　3□文學/語言　4□歷史文化
　　　　5□自然科學　6□社會科學　7□醫學衛生　8□財經書籍　9□管理書籍
　　　　10□兒童書籍　11□流行書　12□其他（請註明：＿＿＿＿＿＿＿＿＿＿＿＿＿）

根據個人資料「私隱」條例，讀者有權查閱及更改其個人資料。讀者如須查閱或更改其個人資料，請來函本館，信封上請註明「讀者回饋咭-更改個人資料」

香港筲箕灣
耀興道3號
東滙廣場8樓
商務印書館（香港）有限公司
顧客服務部收